JN230730

「ほら、目的地はこの先だよキタロー。
ああ、写真は後回しにしてくれ」
稲葉白兎《いなばしろう》
桃ヶ園高校2年。郷土史研究部所属。オカルト趣味を満たすためだけに部を立ち上げ、キタローを巻き込んだ張本人。イタズラ好きで、しょっちゅうキタローをからかっているが、頭脳明晰、容姿端麗な彼女には逆らえないのだった。

「分かってます。……はあ。
折角いい感じの
路地なのになぁ」
鈴木太郎《すずきたろう》
桃ヶ園高校1年。郷土史研究部所属。カメラが趣味。被写体には困らないという甘言と白兎の美しさに騙されまんまと郷土史研究部に入部。しかし白兎の狙いは全く別のところにあったと、すぐに思い知らされる。

「先輩、僕、もう……ッ!」
「よくやった!」
暗闇の中にあって、浮かぶ様に
不気味に輝く銀色掛かった白い髪。
厳しく細めた目の奥で、
妖しく光る血の様に真っ赤な瞳。
これこそ彼女が、本気で自身の力を
引き出す為に必要な姿。

鬼畜の僕は
ウサギ先輩に勝てない

三咲悠司

HJ文庫
815

口絵・本文イラスト　和遥キナ

目次

プロローグ

この学校には開かずの教室がある。

二十年以上も前の事、かつてイジメを苦にその教室で首吊《くびつ》り自殺をした生徒が自縛霊《じばくれい》にでもなって祟《たた》っているのか、普通《ふつう》では考えられない様な不可解な事故がこの場所では多発した。

或《ある》いはここで授業を受けた生徒が何人も発狂《はっきょう》してしまったりと、凶事《きょうじ》が続発。

何かしらの対応を余儀無《よぎな》くされた学校側は、苦肉の策としてこの教室を固く閉ざす事でその解決を謀《はか》り、現在に迄《まで》至る。

その後この教室に関連した怪現象《かいげんしょう》は起こらなかったし、これからも二度と何も起こらない筈《はず》であったのだが――。

ある四月の放課後の事。

部室へと向かうべく校舎内を歩いていた少女は、その異音を耳にする。

ドカンッ！　ガラガラッ！


教室の椅子《いす》や机が一斉《いっせい》にぶつかり合う様な、そんな派手な音。

しかもその音がしたのは在校生ならば誰《だれ》もが知る場所。

そう、件《くだん》の開かずの教室がある方向からだったのだ。

付近に居た何人かの女子生徒達《たち》も何事かと驚《おどろ》き怯《おび》えていたが、この少女だけは落《お》ち着《つ》き払《はら》い、彼女達《かのじょたち》を宥《なだ》める様にこう言った。

「心配要《い》らないよ、ボクが見て来るから」

廊下《ろうか》の奥《おく》、進むに従って薄暗《うすぐら》さと湿度《しつど》が増していく様な不快な感覚を受け乍《なが》らも、少女は一人颯爽《さっそう》と進んでいく。

そうしてある程度迄近付いた所で気付いた。

やはり開かずの教室の戸が開いているという事に。

有り得ない。

この場所が固く施錠《せじょう》されていたのは周知の事実であるし、鍵《かぎ》を職員室で厳重に管理しているのは教師達だ。

それも引き戸には無理矢理《むりやり》に抉《こ》じ開《あ》けられた様な形跡《けいせき》も、況《ま》してや力任せに蹴破《けやぶ》られた様な様子も無い。

只《ただ》普通に開いているのだ。

まるで誰かを誘《さそ》う様、自然にだ。

少女の表情が曇《くも》る。

こんな事はボクが入学して以来、唯《ただ》の一度だって無かった。

確実に何かが起こっている。

長らく閉ざされていた教室の出入口からは、不穏《ふおん》な古い空気が白くガスっぽい靄《もや》の様になって漏《も》れ出していた。

そこへ近付いていくと、戸の向こう側にまだ新品の上履《うわば》きが片方転がっているのを見付ける。

青色の模様から、それが新一年生のものであろう事が分かった。

この時点で大体の事情を理解した少女は、躊躇《ちゅうちょ》する事無く封《ふう》の切られた教室内へと足を踏《ふ》み入《い》れる。

閉め切られた黒いカーテン。

体に纏《まと》わり付《つ》く、悪意が濃縮《のうしゅく》された様なドロドロと濁《にご》った室内の空気。

壁《かべ》や黒板等、一面に貼《は》られた無数の御札《おふだ》。

だが、そんな異様さすらも気にならない程《ほど》の事態が、この場所では起こっていた。

こういった場面に慣れている筈の少女も、この光景には呆気《あっけ》に取られてしまう。

(これは流石《さすが》に、ボクも初めてだなぁ……)

なんと室内の机や椅子の全《すべ》てが重力の支配から解き放たれた様に、空中へと浮《う》き上《あ》がっていたのだ。

先程の異音の正体も、やはり少女が最初に受けた印象通りこれらが強《したた》かにぶつかり合った音だったのだろう。

それ等浮遊《ふゆう》する机や椅子の奥で、かつてこの学校指定制服であったセーラー服を着た、長い黒髪《くろかみ》からおどろおどろしい雰囲気《ふんいき》を漂わせる少女が、どす黒い存在感を放ち乍ら細い首にロープを絡《から》ませ、顔に深い陰《かげ》を落としたままこちらを無表情で見詰《みつ》めていた。

そして教室の中央付近の床《ゆか》には、上履きの持ち主と思しき少年が俯《うつぶ》せに倒《たお》れている。

この現象はここに塞《ふさ》がれていたあの少女の悪霊《あくりょう》の力だろうか?

――いいや違《ちが》う、こちらの少年の方の力だ!

大方、この少女の悪霊の障気にでも当てられ、この少年は教室の中に引《ひ》き摺《ず》り込まれたのだろう。

そしてそれがトリガーになったのか、どうやら気を失ったまま無意識の中で本能的に異能の力を暴走させてしまっている様だ。

これ程の力を持ち乍ら不用心にこの場所へ近付いた事を考えると、まだ彼《かれ》は自身の力にも気付いていないのだろうなと、少女は推測した。

「うぅ……」

俯せで倒れたまま眉間《みけん》に皺《しわ》を寄せ、口元からは苦しそうな呻《うめ》き声《ごえ》を漏らす少年へと、少女は憐憫《れんびん》の目を落とす。

「君も随分《ずいぶん》と厄介《やっかい》な『モノ』をその血に宿して生まれてきてしまった訳だね。……因果な血だ。残念だけどボクにはどうする事も出来ないよ」

それから少女は「ふっ」と自嘲《じちょう》気味に笑ってからこう呟《つぶや》いた。

「……ボクと一緒《いっしょ》だ」

でも今はこの子よりも――。

彼女《かのじょ》は改めて、悪霊の少女へと向き直る。

（この教室はボクが入学した時にはもう閉ざされていたし、後は風化を待てばいいかとも思っていたけれど、こういう風に閉ざされた中のモノに対して敏感《びんかん》に共鳴してしまう様な子が現れてしまったのだから、やはり祓《はら》うべきだろうな……）

正直な所、少女は乗り気でなかった。

時間が解決してくれる問題ならば、態々《わざわざ》手を出す必要は無いと考えていたからだ。

それにこの少女にとっての祓うという行為《こうい》は、むしろ「喰《く》らう」と言った方が正しい穏《おだ》やかでは無いものである。

普通霊《れい》とは、生きている人間の持つ生命力以下の、魂《たましい》の残りカスが集まったものであり、それ故に大した力を持てないものであるのだが、稀《まれ》に地理的な条件や恨《うら》みの強さ、又《また》は霊が集まり易《やす》い環境《かんきょう》等様々な要因により、生きた人間や物質にすら干渉《かんしょう》出来る程の力を得る事がある。

そうしたモノを総じて悪霊と呼ぶのだが、これを祓うという行為はそれ以上により強い霊的な力をぶつけ、払って散らすという事だ。

だが前述した通り彼女のソレは喰らう。

そして喰らってしまえば、その魂はもはや円環《えんかん》の理《ことわり》の中には戻《もど》せないかもしれない。

それがより、彼女に力を使う事を躊躇《ためら》わせていた。

しかし――。

「出来ればボクだって干渉したくは無いんだ。でもそうはいかなくなってしまった……。悪いけど、祓わせて貰《もら》うよ」

その後悪霊の少女が祓われるのとほぼ同時に、呼応する様にしてこの教室内で起こっていたポルターガイストの様な怪現象も収まった。
少女は確信する。
（やはりこの力は、こちらの少年の……）

第一話　レチタティーヴォ

【郷土史研究部】

寝苦《ねぐる》しい熱帯夜もアスファルトに墨汁《ぼくじゅう》をぶちまけた様な影《かげ》の出来る季節も終わり、過ごし易くなった麗《うら》らかなある日の放課後。

吹奏楽《すいそうがく》部員達がそれぞれ好き勝手に、音の階段を上がったり下がったりする事で生じる不協和音が木霊《こだま》する校舎内。

「郷土資料室」兼《けん》「郷土史研究部」と書かれた紙が挟《はさ》み込まれた表示プレートの下に、少年は立っていた。

白い長袖《ながそで》のワイシャツにグレーのスラックスという出《い》で立《た》ちの彼は、「ふう」と一つ息を吐《は》いてから眼前の戸を開ける。

カーテンの隙間《すきま》から入り込んだ光にキラキラと照らし出され、空気の対流に揺《ゆ》らめく塵《ちり》や埃《ほこり》のその奥。

両サイドを本棚《ほんだな》に挟まれ、圧迫感《あっぱくかん》の強い細長い室内の中央にある机を挟んだ先でパイプ椅子に腰掛《こしか》け、手元の本へと視線を落としていた少女の目が出入口の方へと向けられた。

薄《うす》い水色のブラウスから覗《のぞ》く、血管が透《す》けそうな程に白い肌《はだ》。

肩《かた》に掛《か》かるか掛からないか程度の、ナチュラルミディアムな黒髪。

細い顎《あご》に、形のいい唇《くちびる》は桜色。

朝露《あさつゆ》を吸い寄せそうな長い睫毛《まつげ》と、眠気《ねむけ》を含《ふく》んだアンニュイで猫《ねこ》の様に大きな目と真っ黒な瞳《ひとみ》。

全体的に線が細く儚《はかな》げな印象のこの少女であるが、少年を見るや薄く口元に意地の悪そうな笑《え》みを浮かべる。

「やあ、遅《おそ》かったじゃないか『キタロー』」

部屋の電気のスイッチを押《お》し乍ら、負けじと少年もこう言い返した。

「……別に普通ですよ、『シロちゃん』先輩《せんぱい》」

少年の名は鈴木太郎《すずきたろう》。

山梨県笛吹市《やまなしけんふえふきし》にある桃園《ももえん》と葡萄園《ぶどうえん》に囲まれた、ここ桃ケ園《ももがその》高校に通う一年生だ。

そのシンプル過ぎる名前故に、彼と親しい者からは一郎《いちろう》や次郎《じろう》等イジられて呼ばれる事こそあれど、これ迄に一度たりともまともに仇名《あだな》というものを付けられた事は無かった。

だが鈴木の木と太郎をくっ付け、この少女からだけは「キタロー」と仇名で呼ばれている。

彼も本心ではその仇名を気に入ってはいるのだが、素直《すなお》になれない年頃《としごろ》でもあった。

そして「シロちゃん」先輩と呼ばれたこの少女は、二年生の稲葉《いなば》白兎《しろう》。

その下の名から、キタローは「シロちゃん」とからかうつもりで呼んだのだった。

しかし――。

「『シロちゃん』か……。何時《いつ》も可愛《かわい》らしい愛称《あいしょう》を有難《ありがと》う、キタロー」

ニヤニヤと笑みを浮かべる白兎。

この通り、キタローの反撃《はんげき》は彼女に全く効いていなかった。

むしろ毎度、喜んですらいる始末だ。

キタローは嘆息《たんそく》する。

この人を無闇《むやみ》にからかうのは止めよう。

どうせその内にこちらの方がからかわれる事になるのだから。

以前、彼が白兎の事をからかうつもりで、その名前からバニー先輩とふざけて呼んだ事があった。

すると翌日、部室の戸を開けた先には――。

何時も通りに接してくる白兎が、何時も通りでは無い格好で出迎《でむか》えたのだ。

「やあ、遅かったね」

「ちょっ、まっ⁉　ええっ⁉」

キタローが戸惑《とまど》うのも無理はない。

何故《なぜ》なら白兎は、総合ディスカウントストア「ロシナンテ」で買ったと思《おぼ》しきバニーガールコスプレを、さも当たり前の様に着こなしていたのだから。

ピッタリとボディラインに沿った黒いボンデージ。

頭上にはピンと立った白く長い耳。

網《あみ》タイツから覗く白い太股《ふともも》は、犯罪的な迄の催淫作用を放っていた。

こんなものを目の当《ま》たりにし、健全な高校一年生がまともでいられる筈が無いのだ。

「え、あ、あれ、ハロウィン？　って十月はまだまだ先だし、なんでそんな⁉　ま、まさか……」

誘っているのだろうか？

或いはからかわれているだけであろうか？

どんなに悩《なや》んだ所で恋愛《れんあい》に関しての経験値が少ないキタローには、結局はその判別が付かない。

そんな彼から向けられるギラついた視線と困惑《こんわく》する様子に気付いた白兎は、態《わざ》とらしく広げていた本を掲《かか》げて言う。

「……ああ、これかい？　昨日買ったばかりの本なんだ」

「いやそっちじゃ無いし⁉　……んっ」

その時キタローは、自身の鼻に起こった異変に気付いた。

温かな液体の垂れる感覚。

「あっ」

床を赤い斑点《はんてん》が汚《よご》す。

なんと彼は、漫画《まんが》か何かの様に性的興奮から鼻血を出してしまっていたのだ。

その一部始終を見ていた白兎が、堪《たま》らずに噴《ふ》き出《だ》す。

「ぷっ！　くっくっく……あっはっは！　……わ、若いね、キタロー？　そんなによかったかい？　先輩のコスプレ姿がさぁ？」

「～～ッ⁉」

図星を指されたキタローは、顔から火が出そうな程に赤面した。

自分の何気無い一言を切っ掛けに、大恥《おおはじ》を掻《か》いた彼はこの時に誓《ちか》う。

「先輩の前で、余り不用意な事は言わない様にしなければ」と。

再び本へと落とした視線をもうこちらへ向けようともせずに、白兎はそう投げやりに答えた。

「特に決めてないよ、好きに過ごすといい」

「それで、今日はどんな部活動をやるんですか？」

　気持ちを切り替《か》え、平静を装うとキタローは訊《たず》ねる。

（……嫌《いや》な事を思い出してしまった）


「つまり、何時も通りという事か」とキタローもそれに納得《なっとく》する。

　二人の間を挟んだ机越《ご》し。

　手前に置かれた椅子へと彼は腰《こし》を落ち着けた。

　そして鞄《かばん》の中から今年買ったばかりのエントリーモデルのデジタル一眼レフカメラを取り出し、これ迄に撮《と》った写真を眺《なが》め始《はじ》め乍ら感傷に浸《ひた》る。

（もう十月か……。この高校に入って約半年、色々な事があったよな……）

　自身の祖父母の住む山奥《やまおく》の田舎《いなか》を撮った写真を眺め乍ら、キタローは忌々《いまいま》しげな表情を浮かべた。

（まさか僕《ぼく》の母の田舎に伝わる鬼《おに》伝説に、あんな秘密があっただなんて……。全く、この部に入って最初の活動からこれだもんなぁ……）

彼は何気無しに自身のこめかみへと手を置いてから「ハッ」とする。

この癖《くせ》もそうだ。

稲葉白兎という少女にさえ出会わなければ、あの「力」に気付く事だって無かったかもしれないのに。

「カチカチ」とエンターボタンを連打し、彼は写真を一気に捲《めく》った。

すると今度は、夏休み真《ま》っ只中《ただなか》に撮った美しい景色が背面液晶《えきしょう》に表示される。

白兎と合宿で行った、長野県の青々とした美しい田園風景だ。

しかし、これを見てもキタローの表情は曇ったまま変わらない。

この写真もだ。

折角《せっかく》の綺麗《きれい》な田んぼが広がった景色なのに、今では少なからず恐怖《きょうふ》を覚える。

この地で起こった、くねくね事件の所為《せい》で。

くねくねとは二十一世紀初頭よりインターネット上で流布《るふ》している怪談《かいだん》であり、初出は巨大《きょだい》ネット掲示板《けいじばん》ちゃんねる痛《ツー》とされている。

その特徴《とくちょう》として、一般的《いっぱんてき》には以下の様な内容で語られていた。

真夏の水田や川原等水辺で目撃《もくげき》される事が多く、色は黒いとされるパターンもあるが、白い個体の話の方がより多くネット上に投稿《とうこう》されている。

人間のものとは掛け離《はな》れた動きで不気味に体をくねらせる事が最大の特徴――という怪《かい》異《い》だ。

その姿を遠くから眺める分には問題は無いのだが、詳細《しょうさい》が見える程はっきりとその存在を確認《かくにん》してしまうと、精神に異常を来《きた》すと伝わっている。

そんな恐《おそ》ろしいモノとも出遭《であ》い、事件に巻き込まれたのだ。

堪ったものじゃない。

こうやって思い返せば高校入学以来、先輩には振《ふ》り回《まわ》されっ放しである。

本当に乗せられ易い質《たち》だと、キタローは自身に嫌気《いやけ》が差した。

――白兎とキタロー。

彼らが所属する部活の名は郷土史研究部。

その活動内容だが、郷土資料やフィールドワークから何らかの発見をし、自ら新たな郷土資料を編纂《へんさん》するというものだ。

実態はどうであれ、表向きはそうなっている。

その成り立ちはこうだ。

図書室とは別に設けられた、県内の各地域に関《かか》わる資料を陳列《ちんれつ》する為《ため》だけの、化学準備室程度の大きさしかない郷土資料室。

この場所が普段滅多《ふだんめった》に使われていない事に目を付けた白兎は、ここを自分の趣味《しゅみ》であるオカルトの為の空間として使おうと画策。

成績優秀《ゆうしゅう》な事を最大限利用しての教師に対する根回し。

更《さら》にはその類《たぐ》い稀《まれ》な、美しくも凛《りん》とした容姿から女子にして女子からの高い人気がある事をも利用しての部員数水増し。

こうする事で、白兎が郷土史研究部を作ったのが昨年度末。

そしてこの部活動を来年以降も維持《いじ》する為に最低限必要な、表向きの活動を行う為の部員。

その駒《こま》として入学当初から目を付けられたのがキタローだった。

彼が入学してまだ数日の事。

放課後にフラフラと校舎内を歩いていた際、何時の間にやら貧血を起こして気を失ってしまうという事があった。

そして次に目を覚ました時には既《すで》に郷土史研究部部室の中で、三つ並んだ椅子の上に寝《ね》かされていたのである。

白兎の言う事を全面的に信じるならば、丁度キタローはこの部室の前辺りで気を失っていたそうだ。

（ここじゃなくて、もっと他の場所で貧血に襲《おそ》われた気がするんだけど……）

彼はそう思ったが、その時の自身の記憶《きおく》すら曖昧《あいまい》なのでもはや確かめ様は無い。

そこからは白兎に依《よ》る怒涛《どとう》の勧誘《かんゆう》タイムが始まる。

その中での決定的な誘い文句はこうだ。

「君、カメラが趣味なんだっけ？　この学校に写真部は無いけど、カメラが趣味なら是非《ぜひ》ウチの部に入るといい。学校から出る部費で県内外の様々な地域へと足を伸《の》ばす予定だから、被写体《ひしゃたい》には事欠かないと思うよ？」

そんな甘言《かんげん》と、彼女の美しい見た目にコロリと騙《だま》されたキタローはまんまと郷土史研究部への入部を決意。

しかし白兎の本当の狙《ねら》いが別の所にあったと、彼は直《す》ぐに知る事となる。

実はキタローには荒事《あらごと》に向いたある特殊《とくしゅ》な力が秘《ひ》められていた。

それは彼自身も知らなかったものなのだが、この部活に入り、最初に出遭った事件であるキタローの母方の祖母が住む地域に残る鬼伝説が、その気付きの切っ掛けとなっている。

つまりそう仕向けたのは、そこへ行く事を提案した白兎という訳だ。

何故《なぜ》自分すら知らなかった事を彼女は知っていたのか？

そして我《われ》乍《なが》ら体良《ていよ》く使われているものだと、常日頃《つねひごろ》からキタローは思っていた。

下手をすると白兎の方が、自分以上に自分の事を使いこなしているのかもしれないとすら思える程に。

（……はは、笑えない）

キタローは卑屈《ひくつ》そうに笑った。

そんなこんなで彼女に振り回され乍らも彼は、郷土史研究部の一員として今日に迄至る。

だが確かにキタローは、この部に入らなければ撮れなかった写真や、白兎の言う特別な体験を幾《いく》つもしていた。

それにしても、デメリットの方が圧倒的《あっとうてき》に大き過ぎる事も確かだ。

「はあ」

溜《た》め息《いき》を吐き、カメラを一度机に置いたキタローは背もたれに体重を預けると、今度は出入口付近の壁に何枚も繋《つな》ぎ合《あ》わせて貼られたグールグルマップに目をやった。

この地図一つ取ってもそうだ。

これを作る為に、どれだけの苦労をさせられた事か。

彼は思い返していた。

今年の五月に白兎から出されたこんな無茶《むちゃ》振《ぶ》りを――。

「取《と》り敢《あ》えずこの地図の地域にある道を全て歩いて、道祖神《どうそじん》の位置をマッピングしてきてくれないかい？」

そう言ってどっさりと渡《わた》されたのは、彼らの住む町が描《えが》かれたグールグルマップのコピー用紙。

尚《なお》もキタローにとって悪夢の様な言葉が続く。

「ちゃんと道祖神の種類も記録するんだよ？　単体二《たんたいに》神道祖神《しんどうそじん》だとか、球状道祖神《きゅうじょうどうそじん》だとかね。……ああ、それから勿論《もちろん》写真も忘れずに頼《たの》むよ」

「そんな無茶《むちゃ》な⁉」

「写真が好きなんだろう？　だったらそうやって路地の一本迄全《までずべ》て歩き回っている内に、これ迄気付けなかった写真映《ば》えする景色が見付かるかも知れないよ？」

「……確かに」と、そうあっさり丸め込まれたキタローは安請《やすう》け合いした所為で、その後大変な苦労をするのだった。

だが白兎の言った通り写真映えする景色を見付ける事も本当に出来た為、怒《いか》りをぶつける気にはなれない。

全くこの策士に上手《うま》く扱《あつか》われていると、彼はつくづく実感させられるのだった。

その上、この話にはこんな後日談がある。

なんと地元の小学生グループも自由研究として、キタローと全く同じ事をやっていたのだ。
　しかもそちらの方は教育委員会等から大変評価され、地元博物館で期間展示迄されると
いう厚遇《こうぐう》振り。
　それを知った時の何とも言い難《がた》い虚《むな》しさの様なものを思い出し、ついついキタローは愚《ぐ》
痴《ち》を溢《こぼ》す。
「僕の努力って、一体……」
　するとこの言葉を聞いた白兎は、こう言い切った。
「無駄《むだ》じゃないよ」
「えっ」
「キタローの方が見落とし無く細かく地図を回った上に、小学生の身長では気付かない様
な、塀《へい》の内側に隠《かく》れるみたいに置かれていた道祖神迄しっかりとカウントしている。この
地域の道祖神の位置を記した書物もこの部室にはあるけど、君の作ったものはそれ以上に
正確だ。だからこそ、その地図はボクのお気に入りなのさ。我《わ》が部の立派な活動実績だよ。
もっと誇《ほこ》るといい」
「先輩……」

「それにくねくね事件の時、被害者《ひがいしゃ》の子供を救えたのもその地図があったからこそじゃないか」

「……そうでしたね」

「何時もこうだ……」と、キタローは思う。

こうやって何時も僕は、この人に言い包《くる》められる。

そしてその度、それも悪く無いなと思えてしまうのだ。

本当に飴《あめ》の使い所が絶妙《ぜつみょう》である。

人誑《ひとたら》しとは、こういう者の事を言うのだろうな。

何となく白兎の顔を直視出来ず、キタローは視線をカメラへと落とす。

すると白兎が「ああそうだ」と何かを思い出した素振《そぶ》りを見せたので、再び彼は視線を戻した。

「今月後半にこの学校の創立記念日《そうりつきねんび》を含めた三連休があるだろう？　そこには何も予定を入れずにおいてくれるかい？」

まだ予定が入っていない事を前提にそう言われ、多少は「ムッ」とし乍らもキタローは訊《き》き返す。

「もしかして、合宿旅行ですか？」

「そうだよ。景色の綺麗な所だ」

「やったー！」と、彼は素直には喜ばない。

何故なら白兎が合宿に選ぶ様な場所が、まともである筈が無いという事を経験からよく知っていたからだ。

喜ぶよりも先《ま》ず、キタローは眉《まゆ》を寄せてこう訊ねた。

「……それで、今回はどんな曰《いわ》く付きの場所なんですか？　キリストの墓がある村って言われても、もう僕は驚きませんよ？」

「当たり」

「えっ？　……ハッ⁉」

驚きませんよと言った傍《そば》から、予想外の返答につい驚いてしまったと、キタローは決まりの悪さを感じて押し黙《だま》る。

だが白兎には想定内の反応であった様で、そんな様子にも構わず続けた。

「県内にある伊沢村《いざわむら》っていう所なんだけど、最近になって面白《おもしろ》い動きがあるんだ」

「どんなですか？」

「どうやら隠れキリシタンの郷だという事を発信して、村興《むらおこ》しを始めるらしいんだよ」

「へえ、県内にそんな村が……。因《ちな》みに何処《どこ》ら辺にあるんですか？　その伊沢村っていうのは」

「奥多摩《おくたま》方面の山奥だよ」

「ふーん。大月市《おおつきし》が桃太郎《ももたろう》伝説で観光客を呼び込もうとしてるみたいな話は知ってましたけど、それは初耳ですね」

「……だろうね。こっちはまだまだディープなオカルト好きの間でしか話題に上がっていないからさ。それでもかなり昔からこの手の話がこの伊沢村にはあったんだよ。その頃《ころ》に比べれば、最近はかなり情報が出てきたね。とても喜ばしい事だよ」

「毎度の事乍ら、よくもまあそんな胡散臭《うさんくさ》い話を何処からともなく見付けてきますね……。ちょっと前にユネスコの世界遺産暫定《ざんてい》リストに載《の》ったとかで、長崎《ながさき》の隠れキリシタン関連遺産？　でしたっけ？」

「長崎と天草《あまくさ》地方の潜伏《せんぷく》キリシタン関連遺産」

「そうそうそんな感じでした」

「既に暫定リスト所か、世界遺産への登録は決定しているよ」

「ああ、そうでしたっけ？　兎《と》に角《かく》そういうのが脚光《きゃっこう》を浴びたから、僕も気になって隠れキリシタンの事はネットで自分なりに色々と調べたりしたんです。だからこそ思うんですけど、山梨《やまなし》で隠れキリシタンは流石に無理がありませんか？　何か証拠品《しょうこひん》でも見付かったんですか？　例えばマリア観音だとか、その当時のロザリオだとか、それともクルスだとか。若《も》しくは墓に天宗教って文字が刻まれてたりとか」

「いいや」

「じゃあオラショみたいなものが、民謡《みんよう》となって伝わっていたとか？」

「それも無い」

「……ならやっぱ偽物《にせもの》なんじゃないですか？　どうせネットの嘘《うそ》か、村興しの為に大人達が適当言ってるんですよ。きっと只《ただ》の話題作りですって」

「そう思うだろう？　でも聖書に纏《まつ》わる単語がこの伊沢村の至る所にあるのは事実なんだ。それに栖雲寺《せいうんじ》や四尾連《しびれ》湖辺りには隠れキリシタンの形跡もあるんだよ。お隣《となり》の長野《ながの》にも」

「ふーん……。そういえばくねくね事件の時に、諏訪《すわ》地方とユダヤの共通点みたいな話もしましたよね。日ユ同祖論でしたっけ？　その伊沢村もそんな感じなんですか？」

「ふふっ、どうやら興味が湧《わ》いてきた様だね」

「まあ、少しは……ですけど」

「本当に少しですからね！」と、強調してキタローは付け加える。

「くっくっく……分かってるよ。……でもネットで隠れキリシタンの事を調べる位なんだ、本当はキタローも嫌《きら》いじゃないんだろう？　この手の話がさ」

「そりゃあちょっとはそそられますけど……」

「だろう？　ならもっと興味を引きそうな事を教えてあげよう」

固唾《かたず》を飲んで、キタローは白兎が次に発する言葉を待った。

すると彼女は、勿体振《もったいぶ》る様に少しの間を空けてから漸《よう》く口を開く。

「……この村にはね、実はとんでもなく凄《すご》い噂《うわさ》があるのさ」

「とんでもない噂？」

「うん、それも飛びっ切りのがね。……聞きたいかい？」

勿体付けて中々本題に入らない白兎に、苛立《いらだ》ちを覚えるキタロー。

うずうずとしてきた彼は我慢《がまん》出来ず、ここがポイントオブノーリターンであると薄々勘《うすうすかん》付《づ》き乍らも、ついに好奇心《こうきしん》を抑《おさ》え切れずに訊ねてしまう。

「……どんなですか？」

この瞬間《しゅんかん》、白兎は待ってましたと言わんばかりに微《かす》かに口角を上げた。

そしてたっぷりと間を取ってから、話し出す。

「……実は伊沢村には、聖櫃《せいひつ》が伝わっているらしいんだ」

「聖櫃……」と、キタローは口の中でその言葉を繰《く》り返《かえ》した。

それならば彼も、あの有名な考古学教授が鞭《むち》でのアクションやトロッコに乗って活躍《かつやく》するハリウッド映画を観《み》て、どんなものかを一応は知っている。

その上でこう思った。

「ああ、これは完全にガセネタだな」と。

「それってあのヒトラーも探してたっていう、失われたアークってヤツですか？　金ピカのお神輿《みこし》みたいな形の……」

「うん、そうだよ……と言いたい所だけど、何かの箱が伝わっているらしいって程度の情報しかネットじゃあ出てこないね」

「は？　ネットで知ったんですか？　ならそのそもそもの情報から、既に思いっ切り怪《あや》しいじゃないですか！　信憑性《しんぴょうせい》ほぼ皆無《かいむ》ですよ！」

「そうだね、でも……興味をそそられるのは確かだろう？」

キタローだって感覚は普通《ふつう》の少年だ。

巷《ちまた》で噂される陰謀《いんぼう》論や都市伝説、それにオカルトにだって興味はある。

それ等を分かっていて、白兎は尚も煽《あお》る様に続けた。

「それにネットへの書き込みの中に、一つ面白いものがあるんだ」

彼女は部の備品であるタブレット端末《たんまつ》を取り出すと、それをこちらへと寄越《よこ》す。

見ればそこには、ちゃんねる痛《ツー》のオカルト板に立てられたものらしき、伊沢村に纏わるスレッドの一部が映し出されていた。

その中の書き込みの一つを指差して白兎が訊ねてくる。

「こいつを見てくれ……どう思う?」

見た所その書き込みは最近のもので、前後に脈略の無い事が突然《とつぜん》書かれていた。

確かに不自然ではある。

だが、それだけだ。

板が板だけに、この書き込みを見た人間に不気味な印象を与《あた》えたいだけの、ふざけたものにしか思えない。

しかし、そうでは無いかも知れないという事にキタローが気付いた。

「あ! これってもしかして……縦読みですか?」

「ああ、ちゃんと意味が通じるだろう?」

その書き込みの内容はこうだ。

24歳《さい》学生だけど
十分に気を付けて村へ行けよ?
日没《にちぼつ》以降出歩いて

後ろからいい男に襲われないようにな？
ま、
釣《つ》りだけど

　この書き込みの文頭の文字だけを読めば、「2十日後ま釣《つり》」となる。

「二十日後祭り……そう読めるだろう？」

「でも最後の『釣』って文字の所為で一気に胡散臭い感じになってますけど、まあちょっとは気にはなりますよね……。それにこの二十日後って、丁度今月の三連休じゃないですか」

「うん、偶然《ぐうぜん》だね」

「偶然ねぇ……？　先輩、偶然の意味知ってますか？」

　しかし、白兎はその問いには答えずに続けた。

「これはもう行くしかないよね？」

　そんな目でこっちを見るな。

　僕を同類の様に扱うな。

　キタローはそう言い返したかったが、本心は違《ちが》う。

そしてそんな事、白兎だってとっくに見抜《みぬ》いていた。

最後にキタローが頷《うなず》く為の、その御膳《おぜん》立てとして彼女は駄目押《だめお》しして言う。

「……もしかしたらまだ誰《だれ》も知らない歴史の真実を、ボク達《たち》が誰よりも先に知る事が出来るかもしれないよ？」

白兎と出会ってからというもの、実際にそんな体験をこれ迄《まで》に幾つかしていたキタロー。

そんな彼だからこそ、その言葉には魔性《ましょう》の力が宿り、大きな効果を発揮する。

「……どうだい？　中々『面白そう』だろう？」

——面白そうだ。

罠《わな》に掛けようと追い立てていた兎から、逆に罠に掛けられた様な気分を味わい乍《なが》らも、悔《くや》しいがキタローは既に白兎の術中に嵌《は》まり、そう思ってしまっていた。

「……まあ、いい写真が撮れそうだし、行ってもいいですよ、その伊沢村に……」

「よし決まりだ。キタローならきっとそう言ってくれると思っていたよ」

ニコニコと無邪気《むじゃき》に微笑《ほほえ》む白兎。

又乗せられてしまった。

そう自覚し乍らも、「まあそれでもいいか」とキタローは自分を納得させる。

「それにしても、今度は失われたアークの眠《ねむ》る村か……あれ、でも最初はキリストの墓があるって話じゃなかったでしたっけ？」

「その答えなら、グールグルマップを見たら分かるよ」

そう言うと白兎はタブレットを操作し、伊沢村周辺の地図を表示させた。

それを手渡《てわた》されたキタローは、画面を見た瞬間にその表情を興味深げなものに変える。

「……成程《なるほど》、村の形ですか」

「ああ」

山を切り開く様に作られた伊沢村の航空写真。

主要なものであろう道は十字に配され、その両脇《りょうわき》に民家が立ち並んでいた。

確かにここにならば本物かどうかはさて置き、聖櫃があっても可笑《おか》しくは無いのかなとキタローも一応は納得する。

「所でですけど、聖櫃って中に何が入ってるんでしたっけ？」

「やっぱり、そこは気になる所だよね」

そう意味深長な言葉を呟《つぶや》いてから、白兎が説明を始めた。

「本来聖櫃の中には十戒《じっかい》の石板二枚、アロンの杖《つえ》、そしてマナの壺《つぼ》が入っていると言われているね。……でも伊沢村の聖櫃は違う。何か別の可笑しなモノが入っているらしい」

「別の……可笑しなモノ？」

「ああ……。ネットでは専《もっぱ》ら、キリストの遺体そのものの一部が入っているんじゃないか？……なんて噂されているよ」

「そんなまさか⁉」

「キリストの雛形《ひながた》とされているイザヤは、イザワと表記される事もある」

「音が一緒《いっしょ》ですね……」

「そうなんだよ、『偶然』にもね。……何かありそうだろう？　この伊沢村にはさ……」

「そう言われると……まあ、そんな気がしてきますね」

「更に噂に依れば、伊沢村には箱が全部で四つあるらしい。それが隠されているのは村を十字架《じゅうじか》に見立てた時にそれぞれ頭、両手、足の位置に当たる家にあるそうなんだ」

「いやいや、それは流石《さすが》にある訳無いじゃないですかー」

「某《ぼう》カードゲームの四肢《しし》が揃《そろ》えば完成する破壊《はかい》神じゃあるまい」とキタローは溜め息を吐いたが、白兎は至って真面目《まじめ》な顔でこう言った。

「……だからボク等《ら》で確かめるのさ」

キタローは確信する。

「ああ、これは又《また》余計な事件に巻き込まれるパターンだな……」と。

ここで白兎は何やら思い出した様な素振りを見せた後、声のトーンを一段階明るくしてキタローの名を呼ぶ。

「あ、そうだキタロー」

「はい？　まだ何かあるんですか？」

「いや、そうじゃない。ちょっと自販機《じはんき》迄《まで》一走りしてくれないかい？　コーヒーが切れちゃって――」

「自分で行って下さい」

「……冷たい後輩《こうはい》だねぇ」

斯《か》くして、その日はやって来る。


【隠れキリシタンの郷へ】


最寄《もよ》り駅である石和《いさわ》温泉駅から塩山《えんざん》駅迄電車で移動し、そこから奥多摩方面へと向かう市営のバスに乗車。

そして途中《とちゅう》からは伊沢村で宿泊《しゅくはく》する者を無料送迎《そうげい》するバンへと乗《の》り換《か》えて向かう。

そうやって漸く到着《とうちゃく》する事が出来る僻地《へきち》に、伊沢村はあった。

「そりゃあそんな村知らない訳だ」と、キタローは実感する。

途中下車したバス停でブルーの半袖《はんそで》Uネックシャツの上に七分丈《しちぶたけ》の白シャツを羽織り、下はデニムに白スニーカーという出《い》で立《た》ちの白兎。

七分丈の白黒ボーダーTシャツに白い半袖UネックTシャツを重ね、黒い九分丈のチノパンと赤いハイカットスニーカーを合わせたキタロー。

そんな何処《どこ》となく服の趣味が似た二人が迎《むか》えを待っていると直ぐに白いバンが横付けしてきて、運転席に乗った壮年《そうねん》の男が身を乗り出して明るく人好きのする雰囲気《ふんいき》でこう訊ねてくる。

「お前さん等が宿の予約を入れた郷土史研究会？　……だかって高校生かい？」

「はい、予約を入れました桃ヶ園高校郷土史研究部、部長の稲葉です」

白兎が答えると、男は嬉《うれ》しそうに言った。

「いやぁこんな若い子達迄俺《たちまでおれ》らの村に……。嬉しいもんだねぇ。さあ乗んな乗んな！」

「お願いします」

そう言った白兎に、キタローも続く。

「お願いしまーす！」

バンの後部座席へと乗り込んだ二人。

彼《かれ》らは流れ行く山の木々を眺め乍ら、道中の暇《ひま》を潰《つぶ》す為にも会話を楽しんでいた。

「結構山を登って行くんですねー。景色の綺麗な所が多そうで楽しみだなぁ」

うずうずとしてきたキタローは居ても立っても居られずに、カメラバッグから愛機を取り出すとあれやこれやと設定を弄《いじ》る事で気を紛《まぎ》らわせる。

そんな様子を見た白兎は、我が子を見る親の様に目を細めて言った。

「きっと星も綺麗だろうね」

「はい！　そうですね！　下より天の川も絶対綺麗に撮れますよ！」

下というのは、キタローや白兎も暮らす甲府盆地《こうふぼんち》にある笛吹市《ふえふきし》の事だ。

葡萄《ぶどう》や桃《もも》の畑に囲まれた同市は一番栄えている駅前付近でも、よく晴れた新月付近の夜ならば肉眼で天の川を見る事も出来る。

それ所か夜は狐《きつね》や狸《たぬき》、白鼻芯《はくびしん》等もフラフラと現れ、近年では平野部でも月《つき》の輪熊《わぐま》の目撃情報等が多発した。

笛吹市でさえそんな田舎なのだ。

山の上にある伊沢村ならば、より絵に描いた様な田舎らしい被写体の数々があるに違い無い。

そんなキタローの期待は、目的地が近付くに連れ高まっていった。

だが、同時に不安にもなって訊ねる。

「あのー運転手さん、伊沢村は夜には出歩いちゃいけないみたいな変わったローカルルールはありませんよね？」

何故《なぜ》彼《かれ》はそんな可笑しな事を気にするのか？

それは当然、あの不気味な書き込みを気にしてのものだ。

だが実はそれ以上に、キタローの父方の祖父母の田舎では実際にそういう忌事《いみごと》をお盆《ぼん》期間中に行う風習があり、それを破った為に恐ろしい目に遭《あ》ったという経緯《けいい》があったからだった。

もうあんな恐ろしい目に遭うのは懲《こ》り懲《ご》りだ。

そんな事情を知らない運転手の男は、可笑しそうに答える。

「なんだいそりゃあ？　兎に角安心しなよ、そんな可笑しな決まりごとは無いからさ！」

「そうですか、良かったです……」

ホッと胸を撫《な》で下《お》ろしたキタロー。

するとここで運転手の男が、自分の番だと言わんばかりに話し始めた。

「それにしても宿の主人から話を聞いた時は驚《おどろ》いたぜ。まだ村興しを始める前だってのに、あんた等みたいな若いのが村に来るだなんてな！　どうせあれだろう？　インターネッツでも見たんだろ？　違うか？」

どう答えたら良いものか分からなかったキタローは、困って「え、えぇ、まあ」と歯切れの悪い返事をする。

するとやはり、困った様に男は言った。

「やっぱりかぁ。郷土史研究会って名前を聞いて、こっちもピンと来たんだよ。……本当はな、隠れキリシタンの郷として村興しするってのは内々に決まった事で、まだ公《おおやけ》にするのは先だったんだ。どっからどうバレたんだかなぁ……。全く、ネットってぇのは恐《こわ》いもんだな」

「なんだかすみません。やっぱりこういう目的で伊沢村に来られるのは……その、何と言うか……迷惑《めいわく》でしたか？」

そう申し訳無さそうにキタローが訊くと、男は慌《あわ》て乍ら声色《こわいろ》を明るくして否定する。

「いやいや、来ちまったもんは仕方ねぇやな！　あんた等に非はねぇ！　それに遅《おそ》かれ早《はや》かれ、こっちも何《いず》れはそういう外から来てくれる人間の相手はしなきゃなんねぇんだ。村興しを本格的に始める迄にはちっとばかし早いんだが、歓迎《かんげい》はするぜ！　……まあ格好良く横文字を使って説明すんなら、宛《さなが》らあんた等お利口そうな生徒さん達には観光客のモデルケースになって貰《もら》って、こっちは隠れキリシタンの郷としてのプレオープンにレセプションも兼《か》ねて対応をするってぇ感じかな！」

「有難《ありがと》うございます」と、イレギュラーな状況《じょうきょう》にも拘わらず歓迎してくれる事に対して二人は礼を述べた。

しかし、この旨《うま》過ぎる話にキタローにはこんな疑念も残る。

実は自分達で態《わざ》と情報を流しておき乍ら、こうやって惚《ぼ》けているのではないかと。

だがそれは考え過ぎで、本当に予期せぬ身内からの漏洩《ろうえい》なのかもしれない。

その何方《どちら》にしても、少なからずこの運転手の男に限ってはネット上で伊沢村が話題になっている現状を、本心では悪く思っていない様だ。

何処からどうバレたのか。

そう言い乍らも、このハプニングをも最大限利用する腹積もりでいるのだろう。

もっと言えば、村興しが成功する事すら確信しているのだ。

その証拠《しょうこ》に男は、満更《まんざら》でも無さそうに終始頬《ほお》を弛《ゆる》めていた。

このタイミングでキタローは、ふと気になってこんな質問をする。

「あのー、今更《いまさら》で申し訳ないんですけど、運転手さんのお名前をお伺《うかが》いしてもいいですか？」

「俺《おれ》？　俺は油の神って書いて油神《ゆがみ》ってもんだ」

「へー、珍《めずら》しい苗字《みょうじ》ですね」

素直《すなお》に感想を述べるキタロー。

しかし白兎はというと、その名を聞いた途端《とたん》に表情を変えていた。

好奇心に満ちた表情に――。

それに気付いたキタローは、毎度の事乍ら呆《あき》れ返る。

（あーあ、悪い顔してるなぁ……。折角の美人が台無しだよ）

案の定、白兎が口を開いた。

「あの、油神さん」

「なんだい？　今度はお嬢《じょう》さんからの質問かい？」

「はい。……油神姓《せい》という事は、やはり伊沢村一の権力者の家の？」

「はっはっは！　まあそんな御大層《ごたいそう》なもんじゃ無いが、一応は集落の長って所だな」

「では、村の隠れキリシタン信仰《しんこう》でも、重要なお立場ですよね？」

「予習はしっかりしてきたみたいだなぁ。ま、そういう事になんのかねぇ？」

「ご自身の姓については、どう思われていますか？」

「ネットだかじゃあ色々言われてるみたいだなぁ、アブラハムから来ているんじゃないかーとかよ」

「ええ。……『神』と『噛《か》む』。この二つの言葉には関連性があるという説もあります。『噛む』は『食《は》む』とも言いますし」

「ほう？」

「そうなると油神さんの名前はアブラハムとも読める訳です。もしかしたら以前は、油に噛むと書いてアブラガミ……いや、アブラハムと読ませていたのかも知れませんね」

――そういう事か！

この時キタローは理解した。

白兎が以前に言っていた伊沢村には聖書に因んだ名前が多いというのは、こういう事だったのかと。

彼女《かのじょ》は続ける。

「アブラハムは啓典《けいてん》の民の始祖。隠れキリシタンの郷の長には相応《ふさわ》しい名だ」

油神は前方を向いたままで、こう答えた。

「うーん、どうだろうなぁ。ま、色々と村で話を聞いてみたら面白いんじゃないか？　俺が詳《くわ》しかったら教えてやれるんだがねぇ」

この言葉にキタローは違和感《いわかん》を覚える。

「えっと、油神さんは村で一番偉《えら》いんですよね？　だったら当然隠れキリシタン信仰にも詳しいんじゃないんですか？」

だが、どうやらそれは違ったらしい。

「……なんだ、こっちの少年はあんまり予習してないみたいだな」

「え？　あ、すみません」

「俺達《おれたち》の村ではよ、キリストを信仰してたって事は誰も覚えて無いんだよ」

「ええっ⁉」

混乱するキタローに、油神は続ける。

「だがよ、村にはキリストを信仰していたらしい痕跡《こんせき》がある。それに因んだと思われる名前なんかも多い。そんな訳で、もしかしたら隠れキリシタンの郷だったんじゃないかって、村を挙げてアピールしていこうってぇ訳だ！」

「そうしたら、その噂を聞きつけた一部のネットユーザー達が盛り上がったと？」

「まあそういう事だ！　はっはっは……っと、そうこう話している内に村が見えてきたぞ！　ほれ、右だ」

その言葉を受け、キタローと白兎は窓の外へと目を向けた。

外側は山に囲まれ、南を向いた内側の斜面《しゃめん》は谷。

大きく弧《こ》を描いた道路の先。

そこに山間の集落、伊沢村はあった。

キタローは「おおっ！」と感嘆《かんたん》の声を漏《も》らすと急いで窓を開け、谷を挟《はさ》んだカーブ越《ご》しに一枚目の写真として村全体の遠景を撮《と》った。

満足の行く構図だったので、「いい感じだ」と呟く。

伊沢村は街道《かいどう》でも宿場でも無く、謂《い》わば山奥《やまおく》の行き止まりだ。

なので当然その規模は、村というよりも集落と呼ぶ方が相応しい程に小さい。

それにも拘わらず、郷土意識が高いのか、将又閉鎖的《はたまたへいさてき》で村外へ出る事を余り良しとしなかったのか。

その判別は付かないが、兎にも角にもよくぞこんな不便な土地で村としての形を残していられたものだとキタローは感心した。

村の入口で門の様にそびえる一軒《けん》の立派な家を通り、左手前に神社、右向かいに立派な塀のある大きな屋敷《やしき》がある中央十字路で左折。

程無《ほどな》くして一行は村唯一《ゆいいつ》の宿、民宿の森屋へと到着する。

ここ迄送ってきてくれた油神さんに、白兎とキタローは礼を言って別れたのだった。

それから二人は、これから二日は泊《と》まる事になる森屋家住宅を見上げる。

「うわぁ、めっちゃ雰囲気がありますねぇ」

「ああ、周りと比べても特に立派だね」

二階建ての古民家を改装して造られたその建物は、何とも言えない趣《おもむき》があった。

重厚《じゅうこう》な和瓦《わがわら》が並んだ入母屋《いりもや》屋根。

その裏には立派な化粧垂木《けしょうだるき》。

玄関《げんかん》上の唐破風《からはふ》が雰囲気をより引き立てていた。

幾つも古民家が並んだこの村にあって、目立つのにはそれなりの理由があるのだ。

早速《さっそく》二人は旅館の引き戸を開け、「すみませーん」と声を掛《か》けた。

すると直《す》ぐに奥《おく》の方から、ニコニコと愛想《あいそ》の良い高齢《こうれい》の女将《おかみ》とご主人が現れる。

同じ歩幅《ほはば》で玄関迄《げんかんまで》小走りでやって来て、同じタイミングで膝《ひざ》を折って頭を下げた。

その息のピッタリあった動きから、夫婦《ふうふ》であろう事がよく分かる。

「ようこそお越し下さいました」と女将が言えば、「お荷物は私がお預かりします」とご主人が続くコンビネーション。

だが背負っているザック以外に大した荷物も無かったので、白兎もキタローもその申し出を断るのだった。

「それでは女将は料理等の準備もありますので、私がお部屋へとご案内します」

ご主人に案内され二階の部屋へと通された二人は、そこで思わず「おぉ」と声を漏らす。

二つの部屋からなる室内。

古民家らしい和室も然《さ》る事乍ら、洋風に改装されたもう片方の部屋も品がよく、これ又古民家に合っていた。

キタローが興奮気味に白兎へ訊《たず》ねる。

「それで、この部屋にはどっちが泊まるんですか？　ジャンケンします？」

「ん？　いや、この一部屋しか予約してないけど？」

「んんん!?」

キタローは森屋のご主人を振《ふ》り返って見た。

すると彼は困った様な表情で答える。

「ええ、その様に承《うけたまわ》っておりますが……」

今度はキタローが、忙《せわ》しく白兎へと顔を向けた。

「先輩《せんぱい》っ!?　マジっすか!?」

「今ご主人からも聞いたろう？　部費には限りがあるんだ、節約出来る所はしていかないとね」

「いやこれ節約しちゃ駄目《だめ》な場面ですよね!?」

「……細かいなぁ君は」

「ええ……」

「さ、何時迄も無駄話《むだばなし》なんかしてないで、さっさと荷物を置こうか」

白兎の背中を眺《なが》め乍らキタローは思う。

全然分かっていないのだ、この人は。

ザックを降ろして羽織っていたシャツを脱《ぬ》ぐと、小さく薄《うす》い彼女の背中にはTシャツにブラジャーの線がくっきりと浮《う》いて見えていた。

(頼《たの》むからもうちょっと自分が可愛《かわい》いって事を自覚して、慎重《しんちょう》に行動してくれよ……。幾《いく》らなんでも隙《すき》が多過ぎるんだよなぁ……。近くに居るこっちは色々大変だっての！)

「はあ」

視線を逸《そ》らし、キタローも荷物の入ったザックとカメラバッグを嘆息《たんそく》しながらも降ろす。

するとその様子を見届けてから、ご主人が説明を始めた。

「夕食は十八時半に一階の共用スペースへご用意致《いた》しますので、お時間になりましたらお越し下さい。それとお風呂《ふろ》は一階にございますが、薪《まき》で焚《た》いている関係上入浴時間は二十一時半迄となっていますのでお気をつけ下さい」

「はい」と、二人は揃って返事をする。

それからキタローが興奮気味に続けた。

「薪焚きのお風呂ですって、先輩！　いやあ、一回そういうの体験してみたかったんですよ！」

「それは良かったね」と答えてから、ご主人へと向き直って白兎が訊ねる。

「あの、それからご主人」

「はい？」

「お時間がある時で結構ですので、少しだけこの村の事をお聞かせて頂いても宜《よろ》しいですか？」

「ええええ、私は構いませんよ。お客様の方こそもし宜しいのであれば、これから下の共用スペースでお茶でも飲み乍ら如何《いかが》です？」

願ってもない好感触《こうかんしょく》な反応と対応に、白兎とキタローは頭を下げて礼を述べた。

「有難うございます。是非宜《ぜひよろ》しくお願いします」

「お願いします！」

「ではこちらへ」

ご主人を先頭にして、白兎達《たち》は再び一階へ降りると共用スペースへ向かう。

そこは畳敷の部屋で、開け放たれた障子戸からは縁側越《えんがわご》しに中庭が見えた。

よく手入れの行き届いた、狭《せま》くとも美しい庭である。

「今お茶をお持ちします」

そう言い残し、一度部屋を後にしたご主人。

残された二人は座布団《ざぶとん》へと腰《こし》を落ち着けた。

「ふー。いやー、庭も綺麗《きれい》でいいですね。カメラ持ってくれば良かったな。部屋に戻《もど》って取ってこようかな……」

そう言い乍らキタローが白兎の方を向いた時だ。

彼女が難しい顔で庭の方を見ている事に気付く。

「……どうかしました？　庭に何かあるんですか？」

「……いいや」

「そういう顔には見えないけど」とキタローは思った。

そしてふと、先程《さきほど》の車中で白兎から覚えた違和感についても思い出す。

「そういえばさっきここへ来る迄の車中でも、山の中を見て眉をしかめてた時がありましたよね？　……なんか見えたんですか？」

「さあね」

この反応は多分、「ナニカ」を見たのだろうな。

出会ってまだ半年程しか経《た》っていないが、キタローは彼女の反応からそう確信した。

「ちょっと、怖《こわ》いじゃないですか。何か見たんなら僕《ぼく》にも教えて下さいよ」

その時だ。

「お待たせしました」

お茶と御茶《おちゃ》請けを盆に乗せたご主人が、タイミング悪く戻ってきてしまった。

その為《ため》、これ以上の追及《ついきゅう》を止めざるを得なくなる。

不満げなキタロー。

その表情が可笑しかった白兎が鼻で笑った。

「ふふっ」


【箱】


「元々この集落は、林業やそれに伴《ともな》う炭焼きなんかを生業《なりわい》としてきた者達によって作られたんです。村の近くには丸太川と呼ばれる川もあり、大昔はそこへ伐《き》った木をそのまま流して麓《ふもと》に迄運んでいたとも聞いています」

伊沢村の成り立ちについて訊ねた白兎に、ご主人はそう簡単に説明した。

彼は続ける。

「現在では麓に迄稼《までかせ》ぎに出たり、村の周辺で農作物を育てたりしている者が多いですね。

私の家も農家だったんですが、隠《かく》れキリシタンの郷として村を盛り上げようと決まった時に、宿泊施設《しゅくはくしせつ》が無かった村の為、民宿でやっていこうと鞍替《くらが》えしたんです」

「成程、そういう経緯で……」

素直にうんうんと頷くキタロー。

だが白兎には特に気になる一言が、この一連の説明の中に紛れていた。

「聞いたかい？　キタロー」

「え、何がですか？」

「……気付かなかったのか」

「え？」

「丸太川だよ」

「それがどうかしました？」

「マルタという名も聖書には登場するんだ」

「あっ！　川の名前もキリスト教と関係があったんですね！」

「ああ、そういう事さ。マルタは弟のラザロ、妹のマリアと共にエルサレム近郊《きんこう》のベタニアという地に住み、キリストは彼女らの家を訪《おとず》れるんだ」

「キリストが訪れる家の人間と、同じ名前って事ですか……意味深ですね。もしかしたら、本当にこの村にも来てたりして……」

「ふふ、妄想《もうそう》が捗《はかど》るだろう？」

「そうですね！　ワクワクします！」

　ここでご主人が、小さく数回拍手《はくしゅ》をする。

「流石は郷土史研究部の学生さんですね。まさか専門分野以外にも精通してらっしゃるとは……。いやぁ、それにしても鋭《するど》い推理で驚かされました」

「いえ、そんな大層なものでは無いですよ。妄想と変わりません」

「又々《またまた》ご謙遜《けんそん》を。……他にも聞きたい話等はありませんか？　あれば私の知る範囲《はんい》でお答えしますよ」

「有難うございます。……ご主人の森屋という姓も、聖書ではモーリヤという聖地として登場しますよね？」

「ええ、その通りでございます」

「その名の由来について、何か伝わっている事はありませんか？　宣教師がこの村に訪れた事があったとか、ご先祖が大昔に何処《どこ》かで洗礼を受けたとか……。或《ある》いは諏訪《すわ》の守屋山《もりやさん》と何か関連があったりはしませんか？」

「残念乍ら、何も伝わってはおりません。形のあるものは勿論《もちろん》、口伝えにも……」

「そうですか……では……」

一拍《ぱく》置いてから、白兎はこう切り出した。

「この家は村を十字架に見立てた時にその左端《ひだりはし》に当たり、キリストが右手に杭《くい》を打たれた場所に位置しますよね」

「ええ、確かにそうなりますが……」

「箱が伝わってはいませんか？」

——なっ⁉

キタローは耳を疑った。

(もうそれを訊《き》くのか⁉　普通もう少し様子を見るだろうに……)

だが、訊いてしまったからには仕方無いと思い直す。

これ迄通りのトーンでそう訊ねた白兎。

しかし、明らかに場の空気が変わった。

ご主人は表情こそ崩《くず》さないものの、可笑しな間を開けてから漸《よう》く一言。

「……よくご存じで」

その質問が好ましいもので無かった事が、この反応からキタローにも見て取れた。

だが、そんな事にも構わず白兎は続ける。

「見せては頂けませんか？」

驚いたキタローは、隣《となり》に座《すわ》る白兎へと顔を向けた。

その目はやはり、隠し切れず好奇心《こうきしん》に歪《ゆが》んでいる。

ご主人の方はといえば、困った様な表情のまま固まっていた。

ほら見ろ、そんな簡単に見せて貰えるものか。

だが、そんなキタローの予想を裏切る様な返事がなされる。

「……折角《せっかく》若い生徒さんが興味を持ってこんな僻地に迄来て下さったんだ。特別にお見せしましょう」

「えっ」

キタローは耳を疑ったが、その機能は正常であった事を直ぐに知る。

「只今《ただいま》お持ちします」

そう言ってご主人が部屋から去った途端、なんとも嬉しそうな顔をした白兎がこちらへと笑顔《えがお》を向けて言った。

「……だってさ、やったね！　箱が見られるよ？　キタロー」

「あ、ああ、はい……。良かったですね。絶対に断られると思いましたよ」

「ボクもさ。訊いてみるものだね」

「ええ、まあ……」

暫《しばら》く待つと、十五センチ四方の箱を手にしたご主人が戻ってくる。

それを目にしたキタローは拍子抜《ひょうしぬ》けしていた。

何故《なぜ》なら、金箔《きんぱく》の貼《は》られたそれなりに大きな箱を想像していたのだから。

(これがあの、失われたアークだって？ 冗談《じょうだん》だろ？ 只《ただ》のジャパニーズお土産《みやげ》木箱じゃん……。どう見てもこの中に石板が入っている様には思えないよなぁ)

そしてそんな考えは、ご主人には見透《みす》かされていた様で——。

彼は座布団に座ると、キタローを見乍らこう言った。

「期待していたものとは違いましたかな？」

「あ、えっと……はい、正直な所……まあ、そうですかね……」

しかし、白兎は違う。

興味津々《きょうみしんしん》といった風に、彼女はズイと前のめりになって懇願《こんがん》する。

「随分《ずいぶん》と年季の入った寄木細工の秘密箱ですね。触《さわ》らせて貰っても？」

「え、ええ、いいですよ」

圧倒《あっとう》される様に、ご主人は白兎へと箱を差し出した。

受け取った彼女は先《ま》ず箱をまじまじと見詰《みつ》めた後、ゆっくりとそれを傾《かたむ》ける。

すると――。

コトリ。

中で何かが転がる音がした。

今度は逆側へ傾ける。

コロコロ、コロン。

やはり、中には何かが入っている様だ。

白兎は訊ねる。

「中には何が？」

「さあ、なんでしょうな。私も見た事が無いんです。それに開けようにもこのタイプの秘密箱だと、二十以上の手順を踏《ふ》んで仕掛《しか》けを解除しないといけませんから、まあ難しいでしょうねぇ」

今度はキタローが訊ねた。

「やっぱり、中身はキリストに纏《まつ》わるものなんですかね？」

「これを見られると、皆《みな》さん口を揃えた様にそう言われますね。……まあ本当の所は誰《だれ》にも分かりませんが」

その時だ。

パチッ！　カチッ！　カチッ！

「？」

何やら乾《かわ》いた音が白兎の方から鳴った。

パチッ！　カチッ！　パチンッ！

何事かとキタローが横を見れば、なんと彼女は寄木細工の仕掛けの六つ目迄《まで》を解いているではないか。

「なっ⁉」

（勝手に何をやりだすんだこの人は⁉）

目を疑うと同時に、「ハッ」として白兎へ向けた首を正面に戻す。

するとそこには驚きの余り目を見開いた状態で呆然《ぼうぜん》と硬直《こうちょく》する、ご主人の姿があった。

彼は思い出した様に腰を上げると、白兎から「バッ」とまるで奪《うば》うかの様に箱を取り上げ、狼狽《ろうばい》し乍《なが》らも怒鳴《どな》る。

「なっ、何をしてるんですかっ⁉」

「何って、箱を開けようと思って。……いけませんでした？」

白兎はあっけらかんとそう答えた。

流石に温厚《おんこう》そうなご主人も、怒気を含《ふく》んだ声で「駄目ですよぉ勝手に！」と注意する。

「すみません、特に止められていなかったもので」

余り悪びれる様子無くそう答える白兎に、何故《なぜ》かご主人の方が謝罪した。

「……そうですね、先に注意しなかった私が悪い。取り乱してしまい、失礼致しました」

（いやいやいや、今のは明らかに先輩が悪いでしょ⁉　絶対開けちゃいけないヤツって分かっててやったに決まってる！　それも持ち主の目の前で！　……なんて人だ）

キッとキタローは白兎の方を睨《にら》んだが、それに気付いているのかいないのかやはり悪気が無さそうに彼女は言う。

「それに秘密箱ですから、心配しなくても早々簡単に開いたりしませんよ」

一瞬《いっしゅん》目を離《はな》した隙に、六つ目の仕掛け迄あっさりと解いていた張本人がよくも抜《ぬ》け抜けとそんな台詞《せりふ》を吐《は》けるものだ。

そう思うキタローとは別に、ご主人の方はその言葉で簡単に丸め込まれた。

或いは大人故《ゆえ》の対応なのかもしれない。

「確かにお客様の言う通り、早々開けられるものではないですものね」

ここで白兎は煎《い》れて貰ったお茶に手を伸《の》ばし、口の中を湿《しめ》らせると改まった様子で訊ねる。

「……ご主人の意見で構いません、この箱は一体なんだと思われますか？　やはり、聖櫃《せいひつ》でしょうか？」

キタローも固唾《かたず》を飲んで、ご主人の言葉を待った。

「……そうですね。これが聖櫃では無いかと、ネット上で真《まこと》しやかに囁《ささや》かれている事ならば私達《たち》村の者も知っております」

やはりそこ迄知っていたのだ。

それで、実際の所はどうなのだろうか？

ワクワクと逸《はや》る気持ちを抑《おさ》え、キタローは次の言葉をまだかまだかと待つ。

「しかし結局の所、この箱が何なのか、どういう謂《いわ》れがあるのかは私達にも分からず、判断出来かねます。分からないまま先祖代々受《う》け継《つ》ぎ、分からないから手出しも、況《ま》して処分も出来ないまま、こうして伝わっているのです」

「そうですか」と白兎。

キタローはといえば落胆《らくたん》し乍らも「ま、そりゃそうだよな。そんな簡単に分かったら苦労しない」と、納得《なっとく》するのだった。

そんなキタローは質問するでもなく、世間話位のつもりで感想を呟《つぶや》く。

「でもこれだけ聖書に纏わる言葉が村のあちこちにあるのに、実際にキリスト教が信仰されていた形跡《けいせき》が無いってのはなんだか逆に面白《おもしろ》いですよね」

ご主人はこの言葉にも、真摯《しんし》に向き合って答えた。

「もしかしたらご先祖様方は隠れキリシタンを続けていく内、徐々《じょじょ》に元あった日本の宗教や、この地にあったかもしれない土着の神、それ等《ら》と習合させていったのかもしれないと私個人は考えています」

「あー、やっぱそうなんですかね。それなら痕跡が無くても自然というか……」

「はい、そうやってキリストへの信仰は薄れていき、最終的には消えてしまったのかもしれませんねぇ」

成程《なるほど》、自然で無理の無い考え方だ。

「夢も無いけど」と、キタローが心の中で軽く毒を吐いた時だ。

ご主人はこう続けた。

「ですが私達は知らず知らずの内に、キリスト様に祈《いの》りを捧《ささ》げていたんですよ」

「あっ」

ご主人の言葉に、ある事を思い出したキタローが言う。

「もしかして、村自体が十字架《じゅうじか》だからって事ですか？」

「ええ、そういう事です。簡単には消えない象徴《しょうちょう》。それを地形そのものに残した事で、こうやって再び私達村人はキリスト様へと今になって想《おも》いを馳《は》せている。やはり消えてなど無かったんですよ。斉天大聖《せいてんたいせい》がお釈迦様《しゃかさま》の掌《てのひら》の上にいた様に我々も又《また》、ずっとキリスト様に抱《いだ》かれて見守られ続けていたのですから」

「成程なぁ……」

最終的にはご主人の話に、すっかりキタローは感心させられてしまうのだった。

「……おっと、すっかり話が長くなってしまいましたね。これからお二人は村を散策なさるんでしょう？」

「はい」と、白兎が頷《うなず》く。

「長々引き止めてしまって申し訳ない。歳《とし》を取るとこれだから嫌《いや》になります」

「いいえ、貴重なお話の数々に、箱迄見せて頂き有難うございました。お茶もご馳走様《ちそうさま》でした。とても美味《おい》しかったです」

思い出した様にお茶を飲み干し、キタローも続けて頭を下げる。

「有難うございました！　お茶ご馳走様でした！」

「ははは。又何か聞きたい事がありましたら、どうぞなんなりとお気軽にお声掛け下さい。私は基本的にここに居りますが、もし居なければ裏庭で薪割《まきわ》りなんかの作業をしていると思いますので、そちらを覗《のぞ》いてみて下さい」

第二話　アッコンパニャート

【コーヒーブレイク】


再びシャツを羽織った以外には荷物となる様な物は持たず、動き易《やす》さ重視の白兎《しろう》。

対してカメラバッグを襷掛《たすきが》けし、その上カメラも首から下げて準備万端《ばんたん》のキタロー。

二人は意気揚々《いきようよう》と、ご主人が裏庭で薪割りをしているのであろう「パカン！」という小気味の良い音を背中で聞き乍ら、民宿を飛び出して散策を開始した。

現在、時刻は午後の二時半。

狭い村なので、夕食迄には十分全体を見て回れるだろう。

そう考え、十字架の向かって左端からスタートし、取り敢《とあ》えず中央へと向かった二人。

テンションが高めなキタローは様々な所へカメラを向けては、ファインダーを覗き込んでいた。

石垣《いしがき》に石畳《いしだたみ》の道。

建ち並ぶ古民家。

その庭で咲《さ》き出した秋桜《コスモス》。

濃《こ》いピンクや淡《あわ》いピンクに、白や赤と様々な色彩《しきさい》が美しくも可愛らしい。

そして立《た》ち枯《が》れたままの向日葵《ひまわり》は郷愁《きょうしゅう》たっぷりで、もう過ぎてしまった夏の甘酸《あまず》っぱくも苦々しい出来事を思い起こさせた。

まるで戦前からここだけ時が止まってしまっているかの様な、日本人ならば誰しもが心の深い所で懐《なつ》かしさを覚えてしまう様な、そんな伊沢村《いざわむら》の風景の数々。

キタローは嬉々《きき》として、何度もシャッターを切った。

そして背面液晶《えきしょう》でそれ等の写真をチェックし、満足気な表情を浮かべる。

白兎はというと、そんな彼《かれ》の邪魔《じゃま》にならない様に直ぐ後ろへと付き、ニコニコと見守る様に佇《たたず》んでいた。

道行く人と挨拶《あいさつ》を交《か》わしたり、庭で何やら作業する人とも軽い会話をしたりと、村の人との交流や、景色を楽しみ乍らゆっくりと歩んでいく。

しかし気付けば、もう既《すで》に十字架の中央付近に迄やって来ていた。

二人から向かって、十字路の手前右手側にはこの村唯一の神社。

古くからこの地を見守ってきたであろうその神社は、今回の合宿では外す事が出来ない行き先だ。

それを理解していたキタローが訊ねる。

「先輩、神社です。寄りますよね？」

しかし、白兎の反応は彼の思っていたものとは違《ちが》った。

「いや後回しだ」

「えっ」

「先に寄るべき重要な場所がある」

「重要な場所？　……何処《どこ》ですか？」

「ほら、十字路の真《ま》っ直《す》ぐ二十メートル先、左側……」

その言葉通り、キタローは正面に目を凝《こ》らす。

「んん？」

神社の斜向《はすむ》かいにある大きな屋敷を先頭に、ズラリと建ち並んだ古民家に混じって現れた、より一層古めかしい茅葺《かやぶ》き屋根の家。

小さな木製の看板には「古民家カフェ　DE田舎《いなか》」の文字。

キタローは呆れつつも感心する。

「……よくこの距離《きょり》であの看板を見付けましたね」

「うん、さっきから挽《ひ》きたてのコーヒーを淹《い》れた様な薫《かお》りが漂《ただよ》っていたからね」

「ええ……」

（犬並みの嗅覚《きゅうかく》だ。兎《うさぎ》の癖《くせ》に……）

キタローは心の中で、そんな風に毒突《どくづ》いたのだった。

兎《と》に角《かく》神社は後回しにし、二人は先に喫茶店《きっさてん》へと向かう。

店のドアを開くと、ベルが「カランカラン」と風情《ふぜい》のある音を立てた。

それに反応し、木製カウンターの中で立っていた三十代前半位であろうまだ若い店主の男がこちらに微笑《ほほえ》み掛ける。

「いらっしゃいませ、お好きな席へどうぞ」

店内を見渡《みわた》す白兎とキタロー。

中は壁《かべ》がぶち抜かれており、フロアは全体がコンクリート製の土間になっていた。

中央には元からこの家にあったのであろう囲炉裏《いろり》があり、それが古民家本来の温かな雰《ふん》囲気《いき》を作り出している。

椅子《いす》は店を入って右手側にあるカウンターに四つと、囲炉裏の回りに四つ。

そして四人掛けのテーブル席が手前と奥に一つずつあった。

奥の方のテーブルには既に、先客である中学生位の少女が一人文庫本を片手に持ち乍ら、ティーポットがある事から紅茶が入っているのであろうカップを傾けている。

地元の子だろうか？

そんな事を思いつつ、キタローは白兎にこう提案した。

「手前のテーブルか囲炉裏の所にしません？」

「いや、カウンター席にしよう。色々と村の話も聞きたいし」

「ああそっか、そうですね」

二人は早速、カウンター席へと腰を下ろす。

すると人の好《よ》さそうな店主の男が、申し訳無さそうな表情を浮かべて言った。

「すみません、私はこの村の者じゃ無いんですよ」

「えっ、そうなんですか？　じゃあなんでここに喫茶店を？」とキタロー。

「茅葺き屋根の家でコーヒーを出したいなと前から考えていまして、それで色々な物件を見て回ったんです。その内にここを見付けて、借りるつもりが思いの外安くて、流れで買ってしまったんですよ」

「へぇ、雰囲気があっていいお店ですよね！」

「有難《ありがと》うございます」

白兎も会話に加わる。

「それにしても茅葺き屋根の家を見たのはこの村へ来てからここが初めてなんですけど、もしかして……」

「そうなんですよ、この村で唯一最後の茅葺き屋根の家がここだったんです！　買い手が付かなきゃ潰《つぶ》される所だったみたいで……いやぁ、ラッキーでした」

店主はそう嬉《うれ》しそうに語った。

「色々と拘《こだわ》りを持ってお店を開かれたんですね」

白兎がそう返事をすると、彼は待ってましたと言わんばかりに続ける。

「勿論店だけじゃなくてコーヒーも色々拘っているので、是非《ぜひ》ゆっくりしていって下さい」

その言葉で、白兎達はカウンターに置かれたメニュー表へと目を落とした。

「豆の種類が豊富ですね」

そう呟き乍ら白兎が選んだのは――。

「東ティモールで」

「畏《かしこ》まりました」

キタローはと言えば、「うーん」と唸《うな》り乍らメニュー表と睨めっこをしていた。

白兎は彼の側へと肩《かた》を寄せ、共にメニューを覗き込む様な格好で訊ねる。

「……決まらない？」

「決まらないっていうか、どれを選んだらいいのかさっぱり……。コーヒーとか詳《くわ》しくないんで」

「……ああ、そういえばそうだったね。じゃあ好みの味は？　苦い方がいいとか、酸味が強いのは苦手とか、コクのある方がいいとかさ」

「……特に無いですね。むしろ味とか全部一緒《いっしょ》な気がするんですけど……」

「なら色々な豆を試《ため》したらいい。何《いず》れ好みの味が見付かるさ」

「分かりました……じゃあブレンドで！」

「……」

キタローは白兎から思い切り、呆《あき》れとツッコミの意味合いが混じった視線を向けられるのだった。

◇

湯気の立つカップに顔を近付け、その薫りを堪能《かんのう》した後、白兎は漸くコーヒーに口を付けた。

そして「ホッ」と、幸せそうに一つ息を吐く。

MENU
ブレンド ¥480
キリマンジャロ ¥600

「……うん、いい酸味だ」

コーヒーは酸味が特長的なものがお気に入りな彼女《かのじょ》は、今注文した東ティモールやハワイコナ等アラビカ種の中でも代表的な品種であるティピカを好んだ。

更《さら》にはローストの具合もミディアムと、好みのドンピシャであった。

それ故、自然と笑《え》みが溢《あふ》れる。

「とても美味しいです」

「有難うございます。自家焙煎《ばいせん》に拘った甲斐《かい》があります」

「へえ、手間を掛《か》けてらっしゃるんですね」

「はい、半ば趣味《しゅみ》みたいなものなので、研究の日々にも飽《あ》きませんよ」

そう言って、店主ははにかんだ。

「君の頼んだブレンドはどうだい？」

言い乍ら白兎はキタローの方を向き、直《す》ぐに眉《まゆ》をしかめる。

「……一体君は、何をしているのかな？」

「いや、このコーヒーが何時《いっ》も家で飲むヤツより大分苦いんで、砂糖も多目にと思いまして……」

そう答え乍らもキタローは、まるでセメントでも作るかの様。

或いは海岸の埋《う》め立て工事でもするかの様に、粉砂糖をドバドバとスプーンでコーヒーへと無遠慮《ぶえんりょ》に投入していた。

「只でさえ芳《こう》ばしく甘《あま》い香《かお》りだっていうのに、そこに砂糖迄《まで》入れる事は無いだろう？　それに砂糖を入れるとコーヒー本来の味が負けてしまう。残るのは香りだけだ」

「香りが残るんならいいんじゃないですか？」

「駄目だ。味だって重要に決まってるじゃないか。砂糖をそんなに入れたら、それはもうコーヒーじゃあ無い」

「うーん……。でも僕は甘いコーヒーも好きですけどね。これはこれで別の飲み物って事で、いいんじゃないですか？」

「……そうだね、確かに別の飲み物だ」

「そうそう、そうやって住み分けたらいいんですよ。『佐藤《さとう》』さんも『武藤《むとう》』さんも」

理解を示したかに見えた白兎。

しかし彼女は次の瞬間《しゅんかん》、明《あ》け透《す》けに軽蔑《けいべつ》の眼差《まなざ》しをこちらへと寄越《よこ》し乍ら、吐き捨《す》てる様に言う。

「ああ、コーヒーと甘い味のする泥水《どろみず》なんかを一緒にされては困る。別の飲み物としてしっかり区別しなくちゃいけないね」

「そこ迄ですか⁉」

「そこ迄だよ馬鹿《ばか》舌君。ボクはコーヒーならば冷めていてもインスタントでも、酸敗してえぐみが増していたって美味しく飲める。……だけど、それだけは駄目《だめ》だ」

「……なら言わせて貰《もら》いますけど、先輩《せんぱい》だって学校じゃ加糖の紙パックコーヒー飲むじゃないですか！」

痛い所を突《つ》かれたのか、珍《めずら》しく白兎は言葉を詰《つ》まらせた。

「あ、あれは……だって学校にはあれしかコーヒーに近い飲み物が無いから……。そんなどうしようも無い所を責めるなんて、卑怯《ひきょう》じゃないか⁉」

「その割には何時も美味しそうに飲んでますよね？　泥水なのにぃ？」

「……学校の中でだけ、あれは確かにコーヒーなんだ」

「ふーん。じゃあそうなんでしょうね、先輩の中でだけは……ですけど」

「……ほう？　コーラが好き過ぎて、学校の自販機《じはんき》に無いからと昼休みにコンビニ迄勝手に抜け出し、それがバレて後で職員室に呼び出され、担任や生活指導の先生からこっぴどく説教をされた君の言う事は流石《さすが》に違うね」

「な、何故それを⁉」

「ボクの情報網《じょうほうもう》は一年生の校舎や職員室に迄及《およ》んでいるからね」

「油断も隙《すき》も無い……」

「しかもそれを懲《こ》りずに二度も繰《く》り返《かえ》しているそうじゃないか。君には学習能力が無いのかい？　それとも脳のリソースが足りてないのかな？　ストレージの拡張を提案するよ」

「くっ⁉」

思い当たる節があり過ぎたキタローは、反論出来ずに黙《だま》ってしまう。

確かに先輩には何時も同じ様なやり口で手玉に取られているし、そういう意味での学習能力の低さは否定し辛《づら》い。

「三度目は校長訓戒《くんかい》だろう？　精々気を付けるといい」

「うぅ……」

このままやられてばかりなのも癪《しゃく》だと、キタローはここへきて逆ギレの様に言い返す事にした。

「っていうか先輩こそ本当はコーヒーが好きなんじゃなくて、只カフェインさえ摂《と》れればいいっていう中毒者なんじゃないですかぁ？　尤《もっと》もらしくコーヒーについて蘊蓄《うんちく》語ってますけどぉ？」

「ふっ、流石コーラ好きの人間の言う事は普通《ふつう》とは違うねキタロー。そういえば今回の荷物も随分と重たそうだったじゃないか」

「か、カメラとか色々ありますからね」

「ボクはカメラバッグの事を言っているんじゃないよ。旅館に置いてある大きなザックの方さ」

「うっ」

「どうせあの中には1.5リットルペットのコーラが入っているんだろう？　出掛《でか》け先にコーラの自販機すら無い事を考慮《こうりょ》して、荷物を増やして迄コーラを飲もうとするコーラ中毒の君にだけは、ボクのコーヒー好きを兎や角言われたく無いね！」

「それはこっちの台詞ですよ！　カフェイン中毒！」

「五月蠅《うるさ》いよコーラ中毒！　それにコーラにだってカフェインならたっぷりと入っているんだ、ボクだけをそう呼ぶのは可笑《おか》しいだろう？」

「コーヒーよりはこっちの方がカフェイン全然少ないですからね⁉」

まさに泥試合《どろじあい》。

店主も苦笑いを浮《う》かべて、この行き過ぎたコーヒー狂信者《きょうしんしゃ》とコーラ中毒者の始めた醜《みにく》い争いの顛末《てんまつ》を見守るしかないのであった。

◇

「お二人はやっぱり先程《さきほど》も仰《おつしや》っていた通り、この村へは隠れキリシタンに興味があって来られたんですか？」

白兎とキタローの言い争いが一段落着いたタイミングで、店主はそう話し掛けてきた。

「ええ、そうです」と白兎が柔和《にゅうわ》な笑みを浮かべる。

「すみません、その辺りの話にはまだ疎《うと》くて……。代わりと言ってはなんですが、こちらをどうぞ」

そう言って店主が二人へと差し出したのは一枚の紙。

伊沢村の全体図が手書きで描《えが》かれていて、有難《ありがた》い事に見所等もマークされている。

その上、聖書に纏わる言葉や名前と関《かか》わりのある場所も記されていた。

丸太川に民宿森屋。

それにマークは民家にも及《およ》んでいる。

そこには勿論油神《ゆがみ》の名もあった。

店主が申し訳無さそうに言う。

「村興《むらおこ》しの為《ため》に、ここに住む人達で協力して作った地図だそうです。この店にも置かせて欲《ほ》しいと最近預かったのですが、まだ置き場を作ってなくて……。宜《よろ》しかったら是非そちらをどうぞ」

「とても有難いです」

白兎はそう、素直《すなお》に礼を述べた。

キタローはその地図の出来に、感心し乍らも言う。

「これ凄《すご》いっすね、先輩！」

「ああ、そうだね。吉屋《よしや》は旧約聖書の民数記やヨシュア記に登場する、ユダヤ人の指導者であるヨシュア。又井《またい》は新約聖書に収められている福音書《ふくいんしょ》のマタイ。それからこの丸子《まるこ》と戸桝《とます》も、同じく福音書のマルコとトマス。そして寄席布《よせふ》は新約・旧約含め、四人も聖書内に現れるヨセフ。それにヨセフは失われた十支族でもあり、そこから二つに分かれた内の一つ、エフライム族は日本に辿《たど》り着《つ》いたのではないかとも言われている。……本当に聖書に纏わる名前ばかりだね。ここ迄符合《までふごう》すると、何か繋《つな》がりがあるんじゃないかと勘繰《かんぐ》りたくもなってしまうよ」

かなり本気でここに住む人々が村興しをしようとしている事が、この地図一枚からも二人にはよく分かった。

「ご丁寧《ていねい》に注釈《ちゅうしゃく》も充実《じゅうじつ》してるし、もう村を回らなくていい位詳しいじゃないっすか！　この地図！」

「まあそう広くない村なんだ、歩いてみよう」

「そうですね、写真もまだまだ撮《と》り足りないですし。それに僕《ぼく》、かなりここ気に入っちゃいましたよ！　本当、写真映《ば》えする綺麗《きれい》な村ですし」

このキタローの発言に、店主はニコリと微笑んだ。

「私は伊沢村の人間ではありませんがこうやってこの地に店を出した以上、やはりそう言って頂けると嬉しいですね」

それから表情に影《かげ》を落とし、控《ひか》えめなトーンでこう続けた。

「……でもこんな綺麗な村が、一度は無くなり掛けた事もあったそうなんですよ」

「え、そうなんですか？　何があったんです？」

店主はキタローからの問《と》い掛けに対し、端的《たんてき》に答える。

「ダムです」

「えっ」

「過去に一度、ダムに沈《しず》み掛けたんです」

「へぇ……。まあ、そういう事情で村が消えるって、意外と有り勝ちですよねぇ……。それにしても全然知らなかったなぁ……。この村がその一つだったなんて……」

キタローは素直に、そんな言葉を漏《も》らした。

店主は続ける。

「昭和も半ば位の事ですから、若い方が知らないのも無理はない話です。それにお恥《は》ずかし乍ら私も、ここへ来て村の皆さんから聞かされる迄は知らなかったですしね」

「でもなんで、この村だったんですかね……？　人が住んでない所をダムにすればいいのに」

「ここが丁度山間で、少し手を加えれば簡単にダムが出来るって事で、お上から目を付けられたんですよ」

「あー……そう言われれば、確かに条件が揃《そろ》ってますね。高低差もあったり、地形的に」

「それに村の横を流れる丸太川です。上流の方では細い支流に分かれ、そっちは農業用の溜池《ためいけ》にして使ってるそうですけど、太い本流の方はほぼ真っ直ぐ麓《ふもと》に迄流れていきますからね。下で暮らす者にとっては上流にダムがあれば便利って訳です。発電だって出来る」

「成程……。でもそんなにダムにするのに好都合な筈《はず》なのに、今もこうして村が残ってるって事は、結局その計画は中止になったんですよね？　何故ですか？」

「んーそうですねぇ……。それこそもしかしたら……」

そう一度溜《た》めてから、店主が言った。

「イエス様の思《おぼ》し召《め》しかも知れません」

「ああ」と、キタローも妙《みょう》に納得する。

店主は照《て》れ臭《くさ》そうな表情を浮かべてから、冗談ぽく続けた。

「……なんて、村の皆さんは言ってましたけどね。でも私もそうなのかなと、最近では思い始めてます」

「なんだか素敵《すてき》な話ですね……。先輩、この話知ってました？」

持っていたコーヒーカップを置き、白兎は頷く。

「ああ、よく知っているよ。オカルト界隈《かいわい》では有名な話だからね」

「あー、やっぱりキリストの奇跡《きせき》だって結び付けちゃいますよね」

「……まあ、そんな所さ」

その若干含《じゃっかんふく》みのある言い方に違和感《いわかん》を覚えたキタローであったが、敢えて深くは突っ込まない。

何かありそうだけれど、お店の人も居る事だしこのままいい話で終わらせておこう。

そう思った矢先、思わぬ方向からこんな言葉が飛んでくる。

「馬鹿みたい」

冷たさの中に、あどけなさの混じったその声の主は尚《なお》も続けた。

「下らない。何がイエス様だ……」

その言葉を放ったのは、店の奥《おく》のテーブル席に居た少女だ。

物凄《ものすご》く場違《ばちが》いな印象の、不思議の国のアリス風なエプロンドレスを着こなしていた。

小さな肩を撫《な》でる程度の長さの、黒髪《くろかみ》ツインテール。

長い睫毛《まつげ》を携《たずさ》えた大きな目には、何処《どこ》か諦《あきら》めの様なものと強い意思の両方が宿っている。

誰が見ても、美少女といって差《さ》し支《つか》えの無い容姿をしていた。

彼女はそれ迄読んでいた文庫本を置き、無表情乍らも明らかに苛立《いらだ》ちの浮かんだ視線をキタロー達に向けている。

「ええっと……」

どう言葉を返したものかと困り、そう言《い》い淀《よど》むキタローに少女はずけずけと遠慮《えんりょ》無しに続けた。

「そんなに気に入った？　古い因習に縛《しば》られた、時代錯誤《じだいさくご》の馬鹿みたいなこんなド田舎の村が。本気ならウケる」

カチンと来たキタローの口を突いて、ついつい刺々《とげとげ》しい言葉が放たれる。

「いやその言い方は無いだろ。実際に景色とか綺麗だし。君こそこの村の素晴《すば》らしさに気付けていないだけじゃないのか？　まあ、お子様にはそれを理解するのはちょっと難しいかもしれないけど」

少女は目を伏《ふ》せ、少し声のトーンを落として呟く。

「……何にも知らないから、そんな事が言えるんだ」

「いやちょっとは知ってるし！　隠《かく》れキリシタンの郷《さと》かもしれないって事で、村興しをしようとしてるってのも事前に勉強したりとか……」

「まあ先輩の受け売りが殆《ほとん》どなんだけれど」と、キタローは心の声で付け足した。

「はあ」

少女は一際《ひときわ》大きな溜《た》め息《いき》を漏らしてから、こんな不思議な言葉を続ける。

「そんなだから……見たいものしか見えてないんだ」

「……は？」

キタローには少女が何を言わんとしているのかが、分かりかねた。

彼女は構わず続ける。

「奇跡なんかじゃない……祟《たた》りだ」

「た、祟り⁉」

その物騒《ぶっそう》な物言いに、思わず驚《おどろ》いて鸚鵡《おうむ》返ししてしまったキタロー。

だがそう言われて漸《よう》く、彼女は先程のダムの事を話しているのだと気付く。

（随分《ずいぶん》と又、可笑しな事を言う子だな……。ってか村が助かったんだから、素直に奇跡でいいだろ？　何が祟りだよ……）

そう言い返したかったが、どうにも「祟り」という言葉がキタローの中で引っ掛かっていた。

少女がカバーのされたままの文庫本を手に席を立つ。

「丁度です」

そう言って、お代をカウンター越《ご》しに店主へと手渡《てわた》した。

「何時も有難う」

その言葉に軽く会釈《えしゃく》し、少女は足早に店の出入口へと向かう。

その際にボソリと、彼女が聞こえるか聞こえないかという声で呟いた言葉を、白兎とキタローは聞《き》き逃《のが》さなかった。

「ダムに沈めば良かったのに」

　カランカラン。

後にはドアベルの音だけが残る。

「……あの子はなんなんですか？」

我慢《がまん》出来ずに、キタローは店主へと苛立ち乍《なが》ら訊《たず》ねた。

「ああ、伊耶奈《いさな》ちゃんですか」

苦笑いを浮かべてから、店主が答える。

「悪い子じゃ無いんですよ？　只《ただ》お年頃《としごろ》だからか、この村が余り好きでは無いみたいですね。ウチに来るのも、他にこの村の人間が居ない瞬間を見計らっての様ですし……」

（それにしても、あの反応は一体……）

少女、伊耶奈が出ていったばかりの扉《とびら》へと、知らず知らずの内にキタローの視線は釘付《くぎづ》けになっていた。


【御崎神社《みさきじんじゃ》】


店を出た二人は、今度こそ御崎神社へと向かう。

小さな境内《けいだい》には小さな手水舎《ちょうずや》と小さな社務所。

本殿《ほんでん》と一体化し、こぢんまりとした拝殿《はいでん》。

入口には古い石の鳥居。

何処にでもある様な、よく見掛《みか》ける有り勝ちな神社。

だがそんな御崎神社の境内に入ったキタローは、大きな違和感を覚えていた。

「……ここ、神社ですよね？　なんで恵比寿《えびす》様の像が……」

そう、鳥居を潜《くぐ》って直ぐ右手に、恵比寿の石像が置かれていたのだ。

長い期間そこにあった様で、風雨に曝《さら》されたその体は輪郭《りんかく》がぼんやりとする程度にはくたびれている。

「普通七福神ってお寺ですよね？　場違い感凄いなぁ……」

「いいや、そんな事は無いよ」

「えっ。でも家の近所のお寺では弁天様が飾《かざ》られてますよ？　元はヒンドゥーの神様だし、お寺の方が自然ですよね？」

「確かに七福神はヒンドゥー教や中国の神様が多い。でも恵比寿様は日本の神様だ」

「ああそっか、そういえばそうですね」

「そのルーツは日本神話にあって、伊耶那岐《イザナギ》と伊耶那美《イザナミ》の最初の子供だよ」

「へえ、そこ迄《まで》は知らなかったな……。じゃあながち、神社にあっても大きくズレてるって訳じゃないんですね」

「うん、むしろ何も可笑しくない。明治以前は神仏だって習合していた位だしね。それに弁財天は江島《えのしま》神社でも祀《まつ》られているし、ボクは特に違和感は無いかな。小学校の修学旅行で行かなかったかい？」

「行きました！　江《え》の島《しま》！　そう言われると、確かに……うん、違和感無いですね」

「だろう？　……まあ、七福神を祀っている神社は多いという訳でも無いし、キタローがそう思うのも分かるよ」

「っていうか前にもありましたよね、こんな事。僕の母方の田舎の神社では大黒天を祀ってたし。それに父方の田舎の神社でも仏教の、それも腕《うで》が十本もある黒闇天が祀られてましたしね」

「その二つは又色々と事情が違っただろう……？」

「あー……そうでした」

それから二人は参拝を済ませ、拝殿横の由緒《ゆいしょ》書きに目を向けた。

「ご祭神は伊耶那岐と伊耶那美かぁ。さっき見た恵比寿様と繋がりましたね！」

キタローがそう語り掛けると、白兎も頷く。

「そうだね」

「でもそうなってくると、キリスト教や聖書とは関係が無さそうですよね。……社務所に人とか居る様なら、その辺りの事訊《き》いてみますか？」

「そうしてみようか」

「じゃあ僕が……すみませーん！」

試しにキタローが、社務所に向かって声を掛けた。

すると中から、普通の格好をした何処にでも居そうな中年の男が現れる。

キタローは戸《と》惑《まど》い乍らも訊ねた。

「あの……ここの宮司《ぐうじ》さんですか？」

「ええそうです。丁度さっき境内の掃除《そうじ》をする為に来た所です」

「タイミング良かったですね、先輩！」

「そうだね」

偶然《ぐうぜん》を喜んでいる二人に、宮司の男が訊ねる。

「見た所、あなた方は森屋さんに泊《と》まっている高校生の？」

「はい」

二人は揃って返事をした。

「郷土史を学んでいるんですって？　いやあお若いのに本当に素晴らしい事です。是非私にもご協力させて下さい」

その申し出に、再び二人は揃って頭を下げる。

「有難うございます」

「それで、何か当社に関してお知りになりたい事はありますかな？」

「あ、はい。僕達《ぼくたち》は隠れキリシタンの痕跡《こんせき》を追ってまして、神社にもそれがあるかもと思ってるんですけど……」

「そういう事でしたら、先《ま》ずは当社の名前でしょう」

不思議そうな顔でキタローが訊き返す。

「名前？」

「キリスト教では儀式《ぎしき》をミサと言うでしょう？　そこから御崎《みさき》の名が付いたのではという話があるそうです。それを初めて聞いたときは驚きましたよ。神社とは神事……つまり儀式を行う場所ですからね。もしかしたらここは以前、教会として使われていたのかもしれません」

「おお！　確かに！　納得《なっとく》の行く符合《ふごう》ですね！」

そう納得させられるキタローは、ふとこんな事も思い出していた。

（確かミサってのはカトリックの呼び方で、プロテスタントでは儀式を礼拝って呼ぶって何処かで聞いた様な気が……？　つまり伊沢村には他の隠れキリシタンがそうであった様に、やはりカトリックが伝わっていたって事か……。なら本当に、ここは隠れキリシタンの郷なのかもしれないぞ！）

考え込んだままニヤニヤと気色の悪い笑みを浮かべているキタローを傍目《はため》に、今度は白兎が宮司に話を促《うなが》す。

「他には何かありませんか？」

「そうですねぇ、他に当社で隠れキリシタンに関係があるとする物なら……」

そう言って、宮司は拝殿の方へと歩き出した。

「こちらへ」

言われるがまま二人も後を付いていく。

すると宮司は、拝殿の木製の引き戸を開け放った。

真っ暗な室内に、光が射し込む。

「こちらが当社のご神体です」

正面の祭壇《さいだん》には、祭事用であろう両刃《りょうば》の剣《つるぎ》が天を向く様に立てて飾られていた。

それを見た白兎は鼻で笑うと、「成程《なるほど》」と呟《つぶや》く。

訳の分からないキタローは宮司へ訊ねた。

「あの……それでこれが、どう隠れキリシタンに繋がるんですか？」

宮司はニコリと笑い掛けてから、とんでもない事を口走る。

「ロンギヌスの槍《やり》です」

「はいっ⁉」

その名ならばキタローですら、アニメ等の知識から知っていた。

キリストにとどめを刺《さ》した、その槍の名を――。

「ヒトラーが聖櫃《せいひつ》同様、血眼《ちまなこ》になって探したって言われているあの⁉　手に入れた者は世界の覇者《はしゃ》になるだかって伝説のある、あの……あのロンギヌスの槍ですかぁ⁉　……確かに、長い柄《つか》を付ければ剣も槍みたいにはなるけど……いやいや、それにしたってそんなとんでもない物がこんな所にある訳ないですよね⁉　だってこれが本物なら世紀の大発見ですよ⁉」

聖櫃に続き、今度はロンギヌスの槍。

（トンデモ見本市かよこの村は⁉　これには流石の先輩も呆れて――）

そう思い乍ら自然と白兎の方を盗《ぬす》み見《み》たキタローは、その予想外の表情に驚く。

（――って全然そんな事無かった！）

そう、彼女は満更《まんざら》でも無い所か、思い切り爛々《らんらん》と目を輝《かがや》かせていたのだ。

そんな二人の様子を見た宮司は、つい失笑《しっしょう》してしまう。

「ははは！　残念ですが、勿論《もちろん》本物では無いでしょう。お二人の夢を壊《こわ》す様で、なんだか申し訳ない」

「あ、あー、ですよね……」

キタローは自分で否定しておいて、偽物《にせもの》だった事に落胆《らくたん》するのだった。

「ですがここでは、本物かどうかは重要では無いでしょう。それよりも大事なのは、ロンギヌスの槍に見立てて隠れキリシタン達《たち》が祀っていたかも知れないという点です。……所で当社が村の何処《どこ》に位置しているのか、お二人は分かりますか？」

「ええっと、十字架《じゅうじか》に見立てた場合、交差する部分の直ぐ左下ですね……あっ！」

宮司からの質問に答えている内に、キタローは気付いた。

「そっか！　この村の十字架にキリストが磔《はりつけ》にされていたなら、神社の位置は右脇……絵画なんかでロンギヌスに槍を突き立てられている場所だ！」

ニヤリと笑みを浮かべてから、宮司は語り出す。

「ご神体が剣という神社は全国的にも多くあり、比較的《ひかくてき》ポピュラーなものです。只この村のこの位置にある当社のご神体に刃物《はもの》が使われている事には、何かしらの意図を感じませんか？」

「感じます！　そう感じざるを得ません！」と、間髪《かんはつ》を容《い》れずにキタローは答えたのだった。

【箱の中身】


宮司の男に礼を言い、神社を後にした二人は次に、十字架でいう所の一番上部分にある油神の家を目指し、緩《ゆる》やかな傾斜《けいしゃ》の坂道を歩いていた。

地図を注視し乍ら、キタローが呟く。

「この坂を登れば、油神さんの家が見えてくる筈なんですけど……」

その時だ。

「あ、猫《ねこ》」

そう言って白兎が、勝手に駆《か》け出した。

「ちょっと⁉　先輩⁉」

無類の猫好きである白兎は、その姿を見掛けると追い掛けずにはいられなくなってしまう性分《しょうぶん》なのだ。

「……全く。その猫を見たら追い掛けるっていう、小学生みたいな習性をそろそろどうにかして下さいよ」

そんな風に苦言を呈《てい》するキタローの事も意に介《かい》さず、民家のブロック塀《べい》の上で欠伸《あくび》をしている、白地に鯖《さば》の様な灰色と黒色の縞模様《しまもよう》が入った愛くるしい野良《のら》らしき猫へと白兎は接近していく。

その姿を見たキタローは「まるで不審者《ふしんしゃ》の様だ」と、思うのだった。

じりじりと、猫との距離《きょり》を少しずつ詰めていく白兎。

「ニャーン」

そう鳴いたのは猫——ではなく白兎だ。

では、猫はといえば？

「……」

ガン無視である。

だが彼女はめげない、しょげない、諦めない。

後輩《こうはい》の視線だって気にしない。

「コンニチニャーン。グッドアフタニャーン」

フイッと、猫は白兎から顔を背《そむ》けた。

明らかに迷惑《めいわく》がられているが、彼女は構う事無く語り掛ける。

「日向《ひなた》ぼっこは気持ちいいですかにゃー？」

「……」

「綺麗な毛並みだね君は。少しだけお触《さわ》りしてもいいですかにゃー？」

そろりと静かに、白兎が手を伸《の》ばした。

しかしここで、ついに猫の堪忍袋《かんにんぶくろ》の緒《お》が切れてしまう。

「――フーッ!!」

耳を寝《ね》かせて牙《きば》を剥《む》き、総毛立って威嚇《いかく》する猫。

やれやれ、初めからこうなる事が分かっていた筈だろうに。

冷ややかな声で、キタローが言う。

「猫めっちゃ怒《おこ》ってるじゃないですか」

「キタローは黙るにゃ」

「どうせ絶対に触《さわ》れませんよ」

その言葉通り、次の瞬間《しゅんかん》猫は塀の裏側へ弾《はじ》かれた様に飛び降りると、そのまま何処かへ脱兎《だっと》の如く駆けていった。

「ああっ！」

悲し気な声を漏らした白兎は、次に責める様な視線をこちらに向ける。

「ほら、キタローが急に喋《しゃべ》るから、怯《おび》えて白鯖君が行っちゃったじゃにゃいか！」

「いや、明らかに僕じゃなくて先輩に怯えてましたけど？　後先輩、まだ猫語のままですよ。まあ厳密には猫語ですら無いですけど」

「う、五月蝿いな、ボクが何語を話そうが君には関係無いだろう？」

「それはまあそうですけど」

「それに彼《かれ》はボクじゃあなくて、ボクの中の悪い『モノ』に対して怯えていたんだよ、きっと……」

「……どうなんですかねぇ。本当先輩って、猫に嫌《きら》われる天才ですね」

「うぅ、何時か証明して見せるよ！　嫌われているのはボク自身じゃないってね！」

猫好きだが、猫に嫌われてしまう白兎。

しかし嫌われているのは、猫だけでは無い。

それは犬や鳥等、動物全般《ぜんぱん》に及んでいたのだ。

その事をよく知っていたキタローは、猫と関わる度に少なからず傷付く白兎の姿を目にするのは、出来れば避《さ》けたい、見たくなど無い光景であった。

だからこそ、少し厳しい言い方になってしまうのだ。

「ってか白鯖君て呼んでましたけど、あの子メスかもしれませんよね？」

「なんだ、見ていなかったのかい？　彼にはちゃんと柔《やわ》らかそうな毛に覆《おお》われた、ふくふくで立派なタマタマが付いていたよ」

「あ、そうでしたか。っていうか、女子がタマタマとか言うのはどうなんですかねぇ

「……？」

少し考える素振《そぶ》りを見せてから、白兎は言った。

「……キンタマ？」

「もっと駄目です！」

「じゃあ睾丸《こうがん》とでも言えばいいのかい？　それとも精巣《せいそう》？　フグリ？　陰嚢《いんのう》？」

「どれもアウトーッ！」

大きく嘆息《たんそく》してから、キタローは呆《あき》れ返って続ける。

「……ここへ来たがったのは先輩なんですからね？　もう少し真面目《まじめ》にやって下さい」

「そうだったね、ごめんよ。猫を見て少し浮かれてしまったよ」

「いいですよ、もう。さ、行きますよ」

「ああ」

再び歩み始めた二人。

改めて地図を眺《なが》め乍ら、キタローが呟く。

「それにしても、やはりというか村一番の有力者ってだけあって、一番重要そうな場所に油神さんの家はあるんですね」

「そうだね……ああほら、見えてきたよ」

白兎の言葉に視線を地図から正面へと向けたキタローは、立ち止まって驚いた。

「でかっ⁉」

油神の家は大きさも然《さ》る事乍ら、和風建築として凝《こ》った意匠《いしょう》になっている。

「凄い家だなぁ。これってもしかして、民宿の森屋より大きいんじゃないですか？」

「だろうね」

「これが民家って……マジか」

「さ、何時迄も立ち止まってないで行くよ」

「はい！」

二人が油神の家を訪ねると、森屋へと送ってくれたご主人が快く出《で》迎《むか》えた。

「おお来たか！　さ、上がれ上がれ！」

「お邪魔《じゃま》します」

洒落《しゃれ》た調度品に囲まれた洋風の客間へと通された二人。

「まあ掛《か》けてくれ」

その言葉にソファへ腰《こし》を下ろすと、直《す》ぐに油神夫人がお茶とお茶菓子《ちゃがし》を出して言う。

「あらお若い方々ねぇ。何もお構い出来ませんが、どうぞごゆっくりしていって下さい」

「お気を遣《つか》わせてしまってすみません」

「若い子がそんな気を遣わなくていいのよ。お茶やお茶菓子が足りなくなったら遠慮無く呼んで下さいね。うふふ」

そう言い乍ら、油神夫人はニコニコとした表情を崩《くず》さないまま奥へと引っ込んでしまった。

部屋に残された三人。

最初に口を開いたのは油神だった。

「どうだい高校生。隠れキリシタンの研究は捗《はかど》ってるかい？」

白兎が答える。

「はい、お陰様《かげさま》で」

キタローも続いた。

「明るく好意的な人が多いし、地図なんかも用意されていて凄く有難いです！」

村興しをしていこうとしているだけあってキタロー達《たち》の様な人間にも好意的で協力を惜《お》しまず、オカルト目的で人が来る事もよく理解しており、その辺りの説明も充実し、更《さら》には魅力的《みりよくてき》に教えてくれる所も素晴らしい。

「きっと村興しは成功して、流行《はや》ると思いますよ！　伊沢村は！」

これは彼の本心からの発言だ。

上機嫌《じょうきげん》となった油神が「わはは」と豪快《ごうかい》に笑う。

「そうか⁉　いや、気に入って貰《もら》えた様で何より！　俺迄《おれまで》嬉《うれ》しくなるってもんだ！」

「でも驚きました。喫茶店《きっさてん》の店長さんから聞いたんですけど、この村がダムになる計画があっただなんて――」

言い乍ら、キタローは「ハッ」と先程の白兎の含《ふく》みのある反応を思い出した。

もしかしてこの話題は、出さない方が良かったのだろうか？

だが、そんな心配は杞憂《きゆう》に終わる。

「そうなんだよ、俺《おれ》がまだ子供の頃《ころ》の話だ」

特に問題は無いといった風に、油神は言った。

では何故《なぜ》あの時に白兎はあんな反応を示したのか？

疑問は残るが、それを今考える必要は無いのでキタローは頭を切《き》り替《か》え、油神の話に耳を傾《かたむ》ける。

「村がダムに沈むという話が急に纏《まと》まって、実際に工事も始まり掛けたんだよ」

「え、着工されてから中止になったたって事なんですか⁉」

「そうなんだ。俺達は諦めず、着工後も村を挙げて反対し続けたよ。いやあ、あの時の一体感は凄かったなぁ。ダム建設の中止は、ここに住むみんなで勝ち取ったたって所だな！」

「大変だったんですね……」

油神の気持ちに同調し、キタローはそう言うに留《とど》めた。

しかし、そんな配慮《はいりょ》は要《い》らなかった様だ。

「まあでもよ、村の結束がより強まるいい切っ掛けになったからな。むしろこっちからダム騒動《そうどう》に礼を言いたい位だ！　はっはっは！」

上機嫌のまま、油神は続ける。

「所で生徒さんよ、ここへ来たって事は何か見たい物でもあるんじゃないか？」

「――!?」

これにはキタローのみならず白兎も驚いた。

有難い事に、少なからず訊きにくかった話題を、油神自ら振《ふ》ってくれたのだから。

これ幸いと、白兎が切り出す。

「箱を……お見せ頂けないでしょうか」

油神はニヤリと口角を上げた。

そしてキタローのカメラに目をやってから答える。

「写真に撮らないと約束するなら、持ってこよう」

「有難《ありがと》うございます」

二人は声を揃えて礼を述べた。

◇

「どっこいしょ」

箱を手に客間へと戻《もど》ってきた油神は、腰を下ろすと言った。

「これが家に代々伝わっている箱だ」

やはり古い寄木細工の秘密箱。

但《ただ》し、森屋の家の物とは大きな違《ちが》いがある。

こちらの箱の方が一回りサイズが小さかったのだ。

それに気付いたキタローは「お？」と引っ掛かったが、白兎の方は予想でもしていたかの様に表情を一切《いっさい》崩《くず》さない。

彼女《かのじょ》はにこやかに訊ねる。

「持たせて貰えますか？」

「ほれ」

あっさりと手渡された箱をザッと眺めた後、白兎はそれを軽く振った。

ジャラッ！

――さっきの箱と音が違う⁉

森屋のご主人に見せて貰った物と、中から聞こえる音が違う事に気付いたキタロー。

こちらの箱の中からは粒《つぶ》の揃った蕎麦《そば》殻《がら》か大き目のビーズが、ぶつかって擦《こす》れ合う様な音が鳴っていた。

「お返しします」

白兎はすんなり箱を返すと、森屋のご主人にもした様に質問する。

「この箱は一体なんだと思われますか？」

「なんだろうなぁ。そういうのは正直疎《うと》くて、俺にはさっぱりだ」

「……そうですか」

油神は箱をテーブルからソファの傍《かたわ》らへと遠ざける様に置き直すと、二人にこう訊ねた。

「二人はまだまだ村を回るんだろう？」

「はい」と答えた白兎に、キタローが続く。

「でも夕食の時間もあるので、今日中に全部回るのはちょっと厳しそうです。喫茶店でのんびり過ぎちゃいまして……」

誰《だれ》かさんが。

責める様な視線を、キタローは隣《となり》へと送る。

だが隣の誰かさんは「はて」と、可愛《かわい》らしく小首を傾《かし》げて知《し》らん振《ぷ》りを決め込んでいた。

「まあそう急がずとも、明日じっくり回ったらいい。……それで少年、いい写真は撮《と》れたのか？」

身を乗り出してそう訊ねてくる油神に、キタローは満面の笑《え》みで答える。

「はい！　お陰様で！」

「おおそうか、それは良かった！」

「それと夕食の後にでも、もう一度写真を撮ろうかと思うんです」

「夜になんて何を撮るんだ？　面白《おもしろ》いものなんて撮れないだろ？　真っ暗だぞ？」

不思議そうに油神が訊き返すと、キタローは首を横に振った。

「いえ、そんな事無いです。この村の夜景を、ちょっと高い場所から撮ったらいい感じになると思うんですよ。十字架の形に人家の光が浮《う》き上《あ》がって……」

「はあー成程なぁ！　やっぱりカメラをやる人間は目の付け所が違うって事か！」

「いや、そんな大したものじゃ……」

褒《ほ》められて恐縮《きょうしゅく》するキタローに、油神はこんな提案をする。

「その写真、今度作る村興《むらおこ》し用の観光ガイドの表紙にでも是非《ぜひ》使わせて貰おう！」

「ええっ⁉」

「そういう分かり易《やす》い見所があれば、外の若い子達がもっと興味を持ってくれるかもしれない！　夜の十字架に祈《いの》れば、恋愛《れんあい》が成就《じょうじゅ》するって触れ込みも添《そ》えたりしてな？　わははは！」

まさかの申し出に困惑《こんわく》し乍らも、満更でも無いキタローはこう答えた。

「あの、いい写真が撮れたら……こちらこそ是非お願いします！」

「おう！　期待しているぞ！」

「はい！」

「それと村の全景を撮るならな、一番東の……十字架で言ったら地図の向かって右端《みぎはし》の家の庭から続く、細い林道を登るといい」

「勝手に通っちゃって大丈夫《だいじょうぶ》ですか？」

「あー構わん構わん！　……但し猪《いのしし》には気を付けろよ？　熊鈴《くますず》やライトみたいなもんはあるのか？」

「はい、持ってます！」

「準備がいいな。よし！　じゃあ後はいい写真を撮るだけだな！」

その後キタロー達は夕食の時間が近かった事もあり、会話が弾《はず》んでいる中、名残惜《なごりお》しくはあったが油神家を後にし、民宿への帰路に就《つ》く。

その道中の事。

「後の箱は明日のお楽しみですね」

何気無くキタローがそう白兎に話し掛けると、思いも寄らぬ返事がなされる。

「いや、もう見る必要は無いよ」

「えっ、まだ箱を二つしか見てないのに？　……まさか、もう中身が分かったって事ですか？」

「……なんだ、キタローはまだ分かっていなかったのかい？」

そう小馬鹿《こばか》にされ、キタローは語気を荒《あら》らげて言い返した。

「いや分かる訳無いじゃないですか⁉　透視《とうし》能力者じゃあるまい！　……あ、いや、まあ頑張《がんば》れば透視なら出来るかもですけど、少なくとも今の僕《ぼく》には出来ませんから！」

今度は本当に呆れ、馬鹿《ばか》にした様に、或《ある》いは諭《さと》す様に白兎が言う。

「そうじゃない。……少しは頭を使ったらどうだい？」

「……ヒントを下さい」

「十字架の先端《せんたん》、そのそれぞれに伝わる箱。その場所にキリストの体をそれぞれ当《あ》て嵌《は》めれば、大体の想像が付くだろう？」

「ん？　頭と手と足ですね……」

察しの悪いキタローの為《ため》に、白兎は更に付け足した。

「それから箱を振った際の音も大きなヒントだ。コロコロ、ジャラジャラ……ほら、中身が見えてくる様だろう？」

「コロコロ……ジャラジャラ……あっ——⁉」

その時キタローの脳裏《のうり》に、恐《おそ》るべき可能性が過《よぎ》ってしまう。

十字架の頭部に位置する油神家の箱は、まるで中で歯でも沢山《たくさん》転がっているかの様な音だった。

そして手の位置にある民宿の森屋の箱。

その中身が手に関連したものだとしたならば、あのコロコロとした音は——。

暗い箱の中、ミイラ化して節榑《ふしくれ》立《だ》った枯《か》れ枝《えだ》の様な何本もの切断された指が、コロコロと転がるイメージがキタローの頭に浮かんだ。

「うえっ⁉」

その苦虫を噛《か》み潰《つぶ》したかの様な表情を見て、白兎は満足そうに笑った。

「くっくっく……良かった、漸《ようや》く分かった様だね」

「いや全然良く無いですよ⁉　お陰《かげ》で民宿に戻りたく無くなったじゃないですか……。そんなヤバそうな箱がある所で寝泊《ねと》まりするなんて……」

「じゃあ野宿かい？」

「しませんよ！　……因《ちな》みに箱の中のソレは、やっぱりキリストの……？」

「さあね、そこ迄は現段階では分からないよ」

「……もしですよ？　それがキリストのものじゃ無いとしたなら……いや、キリストのものである可能性の方が圧倒的《あっとうてき》に低いんですけど……。ええと、だから何を言いたいのかというと、キリストのものじゃ無いんだとしたなら、それは一体誰の体の一部なのかって事です！　つまりはネットで有名なコトリバコみたいに、あの箱が触れた者を呪《のろ》ったり祟《たた》ったりする様な代物《しろもの》だったらどうするんですか⁉　切断した指が入ってる寄木細工の箱とか、まさにコトリバコまんまじゃないですか！　くねくねだって実在したんだし、コトリバコだって無いとは言い切れないんですよ⁉」

キタローがここ迄その存在を案じているコトリバコとは、くねくね同様巨大《きょだい》ネット掲示《けいじ》板《ばん》ちゃんねる痛《ツー》発の、外法箱《げほうばこ》や蠱毒《こどく》等を下敷《したじ》きにしたと思われる有名な怪談《かいだん》だ。

人を呪う為に大陸から伝わった製法によって作られた呪物で、見た目は箱根の寄木細工の秘密箱の様だという。

そしてコトリバコはその作り方が、なんとも凄惨《せいさん》であった。

作り方の共通する部分としては、先ず最初に雌《めす》の畜生《ちくしょう》の血で一週間箱の中を満たす事。

そしてここからがコトリバコの由来となっている部分であるのだが、「子取り」という音の通り、材料に子供を使うのだ。

その部位は年齢《ねんれい》によって異なり、産まれたばかりの赤子は臍《へそ》の緒と人差し指の先、それから内臓を搾《しぼ》った血。

七歳迄《さいまで》の子供ならば人差し指の先と、やはり内臓を搾った血。

そして十歳迄の子供は人差し指の先。

更にコトリバコは使用される子供の人数が増えるに伴《ともな》って威力《いりょく》を増し、呼び名も変わっていくという特徴《とくちょう》がある。

子供一人を使用したものがイッポウ。

そこから一人ずつ増えていく度《たび》にニホウ、サンポウ、シッポウ、ゴホウ、ロッポウ、チッポウと呼ばれた。

そしてその威力が最大となる、八人もの子供を使用して作られたものはハッカイと呼ばれ、これ以上のものを作ろうとすればその強過ぎる呪いの力から完成前に製作者が死んでしまうのだという。

この様にコトリバコとは、キタローがナーバスになってしまうのも仕方無い様な、そんな恐ろしい代物であった。

だが白兎はそんな彼に、あっけらかんとこう言い放つ。

「コトリバコねぇ……。もしそうだとして、何の問題があるんだい？」

「はあ⁉　どう考えても問題アリアリですよ！」

「そんな事キタローにはどうでもいい事じゃないか。だってそもそも、君はあれには触ってないんだし」

「あっ」

「コトリバコは触りさえしなければ、何も起こらないと言われているだろう？」

思い返してみれば、確かにその通りだ。

「それもそうだな」と、キタローはすんなり納得した。

「まあ、そうっすね……」

それから彼はこの機に乗じ、ずっと喉《のど》の奥《おく》に刺さった魚の小骨の様に気に掛かっていた事についても切り出す。

「それとですけど、先輩《せんぱい》」

「なんだい？」

「喫茶店ではなんで、ダムの話の時にあんな意味深な反応をしたんですか？　特に何も変な事は無かったじゃないですか。むしろ村で一致《いっち》団結して戦ったっていういい話だったし」

「先ず、現場の作業員が死に始めたんだ」

「えっ」

いきなり結果から語られ始めた事に、キタローは動揺《どうよう》した。

それにも構わず白兎は淡々《たんたん》と先を続ける。

「次に現場監督《かんとく》、そして最終的にはダム計画を発案し、その工事の決定を下した県のお偉《えら》いさんも死んで、話は流れたって訳さ。この間僅《わず》か三ヶ月だ」

「……それで、オカルト界隈《かいわい》で有名って事ですか？　でもこれって、普通《ふつう》に事件なんじゃゃ……」

「事件性は無かった。これだけの偶然が重なってい乍《なが》らね」

「じゃあ全《すべ》てが事故や急な病気だとでも⁉」

「そうだよ、そういう事になる」

「そんな馬鹿な⁉　絶対に何かありますって！」

「シッ！」と、白兎が唇《くちびる》に人差し指を当てた。

「あっ、すみません」

つい興奮して声が大きくなっていたと、キタローは反省する。

先程《さきほど》の発言はこの村の人間を疑う趣旨《しゅし》のものであった。

万が一聞かれでもしたなら、不味《まず》い事になるのは明白だ。

白兎が静かに答える。

「そう、キタローの言う通り必ず何かある。必然的な要因が、警察の捜査《そうさ》の及《およ》ばない領域にね……」

又《また》こうなるのか。

辟易《へきえき》し乍らも、キタローは一応訊《たず》ねた。

「……もう帰ってもいいですか？」

白兎はニコリと、本来それを向けられた者が好意を抱《いだ》くであろう花の様に可憐《かれん》で、不思議な魅力《みりょく》すら放つ笑顔《えがお》を浮かべ乍ら言う。

「それは駄目《だめ》だよ、部長命令だ」

その言葉を受けキタローは、口一杯《いっぱい》に詰《つ》め込まれた苦虫を噛み潰したかの様な、そんな表情を浮かべてせめてもの抗議《こうぎ》をしたのだった。

【仄明《ほのあか》るく浮き上がる十字架】


「うわあ！」

民宿での夕食時、テーブルに並べられた料理を見てキタローは思わずそう声を漏《も》らした。

それもその筈《はず》。

そこには猪鍋《ししなべ》、岩魚《いわな》の塩焼き、茶碗蒸《ちゃわんむ》し。

そして丸々一本が網《あみ》の上に乗った、焼き松茸《まつたけ》が用意されていたのだから。

「松茸だーっ!!」

彼が興奮するのも無理のない、豪勢《ごうせい》な品ばかり。

そんなやや大袈裟《おおげさ》な反応を見た女将《おかみ》は、嬉《うれ》しそうに言う。

「若い方はメインがお肉なんかの方が宜《よろ》しいかとも思ったんですが、喜んで頂けた様で嬉しい限りです」

「いえいえ、肉なんかより凄《すご》いです！　っていうか肉も猪鍋があるじゃないですか！　今流行のジビエ料理っすね！　めっちゃ美味《おい》しそう！」

「あらあら、そちらも気に入って頂けた様で……」

「もしかして先輩、宿泊費《しゅくはくひ》がかなりお高かったりしたんですか？」

「急にお金の話を出すんじゃないよキタロー。それも女将《おかみ》さんの目の前でなんて……」

「すみません……」

「一人二泊《はく》で一万一千円。とても安いよ」

「一泊五千五百円とかマジすか……。これじゃ赤字になりませんか？」

白兎から女将へと、キタローは忙《せわ》しく話を振った。

「土地の物ばかりで、お食事の原価は見た目程《ほど》はお高くないんですよ。安心して召《め》し上がられて下さい。それと今お泊《と》まりになられているのはお客様方だけですから、少しサービスもさせて頂きました」

二人は一様に頭を下げ、礼を述べる。

「有難うございます！」

「すみません、お気を遣《つか》わせた様で……。有難うございます」

「いえいえ、ご飯のお代わりもこちらにございますので」

そう言って女将はお櫃に手を添えた。

キタローが訊ねる。

「あ、もしかしてお米も村で作っているものなんですか？　ここへ来る途中《とちゆう》、近くの山の中に棚田《たなだ》があったんですけど」

「いいえ、最近では休耕田も多くなり、お米は私達村の者が食べる分しか無いんですよ」

「成程《なるほど》、じゃあこのお米は……」

「申し訳ないのですけれど、お客様にお出ししているのは麓《ふもと》の町で買ったものなんです」

「そういう事情なら仕方ありませんよね」

そう大人の対応をする白兎の横で、キタローが口を尖《とが》らせた。

「ちょっと残念だなぁ……。どうせなら全部地物の方が特別感があったというか……」

「こらキタロー、無理を言わない」

「はーい。じゃあいただきまーす！」

「いただきます」

「ごゆっくりどうぞ」

女将が下がった後、なんだかんだと言い乍らも食事が始まってしまえば、キタローの口からは賛辞の言葉ばかりが突《つ》いて出る。

「魚美味っ！　猪鍋温まるし肉柔らかいし脂身《あぶらみ》めっちゃ美味ーっ！　そしてこの芳《こう》ばしい焼き目が付いた松茸ですよ！　めっちゃ香《かお》り強いし、大きいから食感がしっかり楽しめるし味も文句無しっす！　流石《さすが》地元の採れ立てばかり！　うーん、本当にどの料理も美味《うま》いっすね！　先輩！」

「ああ、そうだね」

この時漸くキタローは気付いた。

白兎が殆《ほとん》どの食べ物に口を付けていない事に。

減っているのはご飯と茶碗蒸しのみ。

何故か山《やま》の幸や川の幸には一切《いっさい》手が付けられていないのだ。

不思議に思って訊ねる。

「……先輩、あんま食べてないですね」

「ん？　そんな事は無いよ。キタローの食欲が凄いんじゃないかい？」

「成長期ですからね！」

「そうか、なら良かったらこれも食べてくれ」

そう言うと白兎は、網の上で焼かれる松茸をキタローの皿へひょいと載せた。

キタローは驚《おどろ》いて目を丸くする。

「松茸ですよ⁉　いいんですか⁉」

「うん、遠慮《えんりよ》無く食べてくれ」

「……あれ、もしかして先輩って茸《きのこ》類駄目でしたっけ？」

「まあそんな感じ。それと魚と猪鍋も食べられる様なら、君が食べてくれて構わないからね」

「ええっ⁉　……なら貰っちゃいますけど、お腹《なか》でも痛いんですか？」

流石《さすが》に心配になってキタローはそう訊ねたが、白兎は至って何時《いつ》も通りの様子で答えた。

「いや、お腹は平気だよ。気分が少し悪い位かな……。兎《と》に角《かく》余り残すのはあれだからさ、悪いけど頼《たの》むよ」

「まあ、先輩がいいなら食べちゃいますけど……」

こうして満足のいく食事を楽しんだキタローと、少し様子の変な白兎。

二人は部屋で小休止をした後、夜の伊沢村を写真に収めるべく再び宿を出た。

ずんずんと歩き乍ら昼と同じ荷物プラス、三脚《さんきゃく》の入った袋《ふくろ》を肩《かた》から下げたキタローが言う。

「夜は夜で風情《ふぜい》がありますねー」

「そうだね。でもいいのかい？　夜の村内の写真を撮らなくて」

「はい。だってほら、ここって基本歳《とし》が上の人が多そうだし、消灯されたら村の全景の写真がショボくなるんで」

「成程ね」

「そんな訳で、少し急いでもいいですか？」

「うん、ボクがキタローのペースに合わせるよ」

街灯はぽつんぽつんと、必要最低限かそれ以下しか設置されていない。

時間が遅《おそ》くなればきっとこの村は、闇《やみ》に埋《う》もれる様に山と同化して夜の中に消えてしまうのだろうな。

キタローはそんな想像をし乍ら、歩を進めていく。

油神に言われた通り、十字架《じゅうじか》の向かって右手側の家の庭から、山へと続く踏《ふ》み固《かた》められた道が続いていた。

ライト等の装備を整え、獣道《けものみち》よりも幾《いく》らかマシなその道を歩く事十五分。

見通しを悪くしていた木々の無い、ちょっとした眺望《ちょうぼう》スペースが現れた。

そこへと辿《たど》り着《つ》いた二人が眼下を見渡《みわた》す。

「思った通りだ！」

「ああ、中々の景色だね」

月が出ていない時間帯という事もあり、広がる満天の星空の下。

墨《すみ》の様に真っ黒な山の中腹で、人家の灯《あか》りで照らされた十字架がぼんやりと幻想的《げんそうてき》に浮き上がっていた。

早速《さっそく》キタローは三脚を出してカメラをセットすると、頭に着けていた作業用ライトを消して感度や露光時間《ろこう》、ホワイトバランス等の設定をあれこれと弄《いじ》り乍ら写真を撮り始めた。

最終的に採用したのはカメラを縦にして星、山の稜線《りようせん》、十字架の三つが入る構図の写真。

「うん、いい感じ」

納得《なつとく》のいくものが撮れた彼は、しかし浮かない表情であった。

仄明るく幽谷《ゆうこく》に浮き上がった十字架。

彼にはそれが何故か、美しさよりも不気味さの方が勝って見えていたのだ。

◇

危惧《きぐ》していた猪に出遭《であ》う事無く、無事民宿へと戻った二人。

白兎に勧《すす》められるがまま先に風呂《ふろ》へと入ったキタローは、疲《つか》れからあっという間に眠《ねむ》ってしまう――かと思いきや、これから隣合《となりあ》った布団《ふとん》で眠る相手の事を考えると中々寝付《ねつ》けずにいた。

現在、白兎は風呂に入っている。

因《よ》って今の内に寝てしまえば変な気を起こさずに済む事など、彼だってよく分かっていた。

しかしこの年代の男子が一つ屋根の下に居る女を意識せずに、聖人君子の如くスヤスヤと眠れる訳が無いのだ。

今から少し夜道でも散歩して気を紛《まぎ》らわせてこようか？

そんな事を考えている内に、白兎が風呂から上がって部屋へと戻ってきてしまう。

「ふう、いい湯だった。……あぁキタロー。てっきり疲れて寝《ね》ているものかと思ってたけど、まだ起きていたんだね。まるで主人の帰りを待つ忠犬じゃないか」

「い、犬扱《あつか》いは止めて下さいよ!?」

「……なんだ、折角《せっかく》よしよししてあげようと思ったのに」

惜しい事をしたとキタローは一瞬《いっしゅん》思ってしまったが、それを振り払《はら》う様に頭をブンブンと振った。

そんな彼の横を何の気無しに白兎が通り過ぎる。

（あっ、いい匂《にお》い……）

ふわりと漂《ただよ》うシャンプーの甘《あま》い香りに、キタローはどうにかなりそうであった。

それに風呂上がりで上はTシャツに、下は丈《たけ》の短く生地の薄《うす》い、お尻《しり》の形迄《まで》くっきりと分かってしまう様なパンツ姿の白兎は余りにも性的な意味で凶悪《きょうあく》過ぎる。

（も、もう少し気を遣ってくれよぉ!?　今の僕には目の毒だ……）

気にしない様にすればする程、視線がそちらへ行ってしまうというジレンマ。

ギンギンになった目を無意識の内に白兎へと向けてしまっていたキタローは、彼女から怪訝《けげん》な表情でこう問われる。

「……徹夜《てつや》でもする気かい？」

「誰の所為《せい》だと思ってるんだ？」

——と言ってやる訳にもいかず、悶々《もんもん》とした気分のままキタローは気恥《きは》ずかしさと怒《いか》りにも似た感情を覚え、無理矢理《むりやり》布団《ふとん》を被《かぶ》ったのだった。

そうしていると、やはり日中から村中を歩き回っていた疲れからか、何時の間《ま》にか本当に寝落ちしてしまう。

そして一人残された湯上がりの白兎はといえば、窓越《まどご》しにポツポツと消えていく家々の明かりを眺め乍ら、持参しておいた無糖の缶《かん》コーヒーを傾けるのだった。

第三話　ダ・カーポ・アリア

【イエスの心臓】

二日目、朝。

キタローは違和感《いわかん》と共に目を覚まし、驚愕《きょうがく》から目を見開いて声にならない叫《さけ》び声《ごえ》を上げた。

「――ッ⁉」

（なんだこれなんだこれなんだこれっ⁉　一体何がどうなってこうなった⁉）

彼《かれ》が混乱してしまうのも無理はない。

何故《なぜ》なら別々の布団に寝た筈の白兎《しろう》が、何時の間にやら同じ布団の中に移動してきていたのだから。

それもキタローの胸に顔を埋め、腰に腕迄《うでまで》回して抱き締《し》めてすらいたのだ。

しかも「ぎゅう」と、その力は増してきていた。

細やかな胸の膨《ふく》らみが下腹部に押《お》し付《つ》けられる感触《かんしょく》に、彼は喜んでいいのやら困った方がいいのやらますます混乱を極《きわ》め、結果思考停止。

動けずにそのまま硬直《こうちょく》してしまう。

二つの意味で。

(まあ、僕は何方《どちら》かといえば被《ひ》害者《がいしゃ》だ。このまま先輩が起きる迄放っておいてもいい……かな?)

などと、落ち着きを取り戻したキタローは不埒《ふらち》な事を考えていたのだが、何やら白兎の様子が普通では無いと漸く気付く。

「ん……うぅ……」

きっと悪夢でも見ているのだろう。

辛《つら》そうにうなされている様子を見て、本当はこの状況《じょうきょう》が名残惜しくはあったが彼女を起こすべく大き目に声を掛《か》けた。

「センパーイ!?　大丈夫ですかー!?　おーい!」

元来眠りの浅い上にレム睡眠《すいみん》中だった白兎は直《す》ぐに呼び掛けに反応し、キタローの胸に埋めていた顔を声のする方へと向ける。

唇が当たりそうな程の至近距離《きょり》で、見詰《みつ》め合う形となった二人。

呆《ほう》けた様に少しだけ開いた、桜色の唇。

まだ完全に開き切っていない、如何《いか》にも眠く気怠《けだる》そうな目。

――うっ⁉

それはキタローに、接吻《せっぷん》寸前の女性を想起させるには十分だった。

そんな事にも気付かず、白兎は少しも慌《あわ》てる様子の無いままで言う。

「……ああ、お早うキタロー。雀《すずめ》の鳴声の可愛らしい素敵《すてき》な朝だね。これが俗《ぞく》に言う朝チュンてヤツかな？」

キタローは顔を真横に逸《そ》らし乍ら、責める様に捲《まく》し立《た》てた。

「全然違いますから⁉　っていうかどういう状況ですかこれは⁉　説明して下さいっ！」

暫《しば》し考えた末、白兎は白々しくこんな事を言い放つ。

「寝相《ねぞう》が悪くてごめんよ？」

「いやどんなに寝相が悪くてもこうはなりませんよ⁉　絶対に態《わざ》とじゃないですかっ！」

すると、白兎は――。

「……そうだよ？」

「ちょっ⁉　ほ、ほらやっぱり態とだ！」

「だって怖《こわ》い夢を見たんだもの」

「いや何を急に乙女《おとめ》振《ぶ》ってるんですか！　それも絶対に嘘でしょ⁉」

「さあ？　どうだろうね」

「もう！　人をからかうにも限度ってもんを考えて下さいよ⁉　僕だって男なんですから、間違《まちが》いが起こらないとも限りませんからねっ！」

「うん、確かにキタローだって男の子だよね。だってさっきから、何か硬《かた》い感触のモノがボクの腹の辺りに当たっているしねぇ？」

「なっ⁉」

白兎のド直球な物言いに、思春期真っ盛りの男子であるキタローの心は深く傷ついた。

「もぉぉぉ！　そ、そこは気付かない振りをしておいて下さいよ⁉　ほら！　さっさと僕の布団から出て下さい！　ってか先ず《ま》抱き付くのを止めて下さい！　今直ぐ！」

彼はぐりぐりと、膝《ひざ》を立てて白兎を引き剥《は》がそうと押し退《の》ける。

「うぅ……寝起《ねお》きで弱っている先輩を足蹴《あしげ》にするなんて、酷《ひど》い後輩《こうはい》だね君は」

「寝込みを襲《おそ》う様な真似《まね》をする酷い先輩にだけは言われたくありませんよ⁉」

「全く、酔《よ》っ払《ぱら》いオヤジ並みにデリカシーが無いんだこの人は！」と腹を立てつつも「……まあ、反応してしまっていたこっちサイドにも問題が無い事も無いのだけれども」と反省するキタローであったが、直ぐに「それにしたってこの人は、本当に悪趣味《あくしゅみ》な悪戯《いたずら》をするものだ」と再び憤《いきどお》った。

それにしても――。

（怖い夢を見たと言った時のあの表情……。あれには確かに何か、先輩にしては珍《めずら》しく余《よ》裕《ゆう》の無い感じが見て取れた……気がしないでもなかったな）

だがそれは考え過ぎで、あれもやはり白兎の演技の内の一つだろうとキタローは結論付けるのだった。

◇

民宿で朝食を済ませた後、出掛《でか》けた二人の姿は喫茶店《きっさてん》にあった。

既《すで》に昨日の時点で村の半分を見て回ってしまっていた為時間はたっぷりとあり、何も急ぐ必要が無かったからだ。

今日の二人は囲炉裏《いろり》をテーブルで囲った席に、対面では無く対角線上に陣取《じんど》っていた。

白兎は優雅《ゆうが》に食後のコーヒーを啜《すす》り乍ら「ホッ」と幸せそうに一つ息を吐《は》く。

キタローはといえば、昨日貰《もら》った地図を眺《なが》め乍ら難しい顔をしていた。

「地図と睨《にら》めっこなんかして、どうしたんだい？　キタロー」

「えっと、十字架の頭、手、足の位置に箱があるんですよね？」

「ああ、そのそれぞれが重要な箇所《かしょ》だからね。キリストは架刑に処された時、頭には荊《いばら》の冠《かんむり》を、手と足には杭《くい》を打たれている」

「ですよね」

そう言うと再び、キタローは何処《どこ》か不服そうに黙《だま》り込んだ。

それから暫《しばら》くして、独り言の様に語り始める。

「この村には民宿の森屋の様に大きな家が幾つかありました。そのどれもが、偶然《ぐうぜん》か必然か聖書に関連性がある名前ばかり。そして十字架の先端に位置する、この村でも重要度が高いであろう家は特に大きかった」

白兎は興味深そうに、黙ってこの話の続きに耳を傾《かたむ》けた。

「勿論《もちろん》、昨日山を登る為に通った家も大きかった。……でも、それ以外にも目を引く様な大きさの家がもう一軒《けん》あったんです。先輩も目にしてる筈ですよ」

「……へえ？」

「思ったんですけど」

少しの間を空けてから、改めて彼は続ける。

「さっきの法則性で言ったら、十字架の中央にも重要な家が無いとやっぱり変じゃないですかね？」

「神社があるだろう」

キタローの問いに、白兎はそう答えた。

しかし、彼は納得しない。

「違《ちが》うんです。だって他の箱は人体の何らかのパーツだったのに、中央にはそれが無いですし……」

「神社には剣《けん》があったろう？　それだけで十分じゃないか？」

「いやそうなんですけど……でもやっぱり中央にも箱があると思うんです」

ニヤつきそうになるのを必死に堪《こら》えている様な、不自然な表情の白兎が訊ねる。

「……何故《なぜ》そう思う？」

「槍《やり》に見立てた剣のある御崎《みさき》神社は、十字架中央の直ぐ左下でした。そしてロンギヌスの槍はキリストの右脇を突いていますよね？」

「そうだね」

「キリストが死んだかどうかを確かめる為に、槍が狙《ねら》ったのは多分心臓。だとすると右脇から突き刺《さ》した場合、角度的に十字架中央の向かって直ぐ右上が心臓に当たる位置の筈。……思い出してもみて下さいよ。この村へ来てから、何度も通ったその場所に建っていた家がどんなだったかを……」

キタローの言う通り、確かにその場所に位置する家は油神邸《ゆがみてい》にも引けを取らない程大きかった事を白兎も覚えていた。

「やっぱりあるんじゃないですか？　キリストの心臓が入った、五つ目の箱が……」

彼女《かのじょ》がニヤリと口元を歪《ゆが》ませ、キタロー曰《いわ》く悪い顔をした。

そして心底嬉しそうに語り出す。

「素晴《すば》らしいよキタロー。与《あた》えられた数少ないピースだけで、上手《うま》く全体像が見える様にパズルを組み立てる力。流石はボクが見込んだ後輩だ！」

褒められた事が嬉しいと同時に照れ恥《は》ずかしくもあったキタローは、それを隠《かく》す為に敢《あ》えて派手に喜んでみせた。

「ドヤァ！　もっと褒めてくれてもいいんですよ？　この有能な後輩を！」

「そうだね」

白兎はそう言って椅子《いす》から腰《こし》を浮《う》かせる。

そしてテーブル越《ご》しに斜《なな》め方向から手を伸《の》ばすと、油断していたキタローの頭を撫《な》でた。

「なっ、えっ⁉」

突然《とつぜん》の事に驚いて硬直するキタローであったが、それすらも凌駕《りょうが》するハプニングに気付く。

――ぶ、ブラと小さな谷間がーっ⁉

そう、前屈《まえかが》みになった白兎のTシャツの襟元《えりもと》から、胸元《むなもと》が丸見えになっていたのだ。

その上Uネックだった事もあり、ガバガバでヘソの辺り迄見える始末。

そんな事には気付かず、自分の方こそ優位な位置からキタローをからかっている気でいる白兎は、「よしよし」と言い乍ら尚《なお》も頭を撫で続けている。

それだけでは済まない。

お世辞にも余り胸が大きくない所為で、ブラとの隙間《すきま》から大事な部分が見えそうになってすらいた。

キタローは桃源郷《とうげんきょう》（意味不明）にすら、辿り着こうとしていたのだ。

（も、もうちょっと……もうちょっとで桃《もも》の蕾《つぼみ》が……）

だがここで、キタローのリアクションが思ったものと違う事に失望した白兎が、さっさと手を引っ込めてしまう。

「あっ」

（み、見えなかった……って、倫理的《りんりてき》観点から見ればこれでよかったんだ！　うん！

……はぁ）

落ち込むキタロー。

（それにしても、本当に透《す》き通《とお》る様な肌《はだ》だったな）

思い出して興奮するキタロー。

（何時もはしっかりしてる癖《くせ》に、こういう所は抜《ぬ》けてるんだよな。ガードが緩《ゆる》いというか、隙《すき》があるというか……）

冷静に分析《ぶんせき》するキタロー。

そんな様子を白兎は「表情がコロコロ変わって面白《おもしろ》いなぁ」と、観察していたのだった。

◇

十字架中央、右上。

神社の対角線上に建つ、堂々たる門構えと、高い塀《へい》に囲まれた大きな屋敷《やしき》。

その前に移動した二人。

しかしそこ迄来た所で、キタローはといえばすっかり怖《お》じ気付《けづ》いてしまっていた。

彼は両手に広げた地図へと視線を落とし乍ら、弱々しく白兎に訊ねる。

「本当に行くんですか？」

「ああ、一応話を訊《き》いてみるべきだ」

何故ここへ来てキタローは意気消沈《いきしょうちん》してしまったのか？

それには理由があった。

「でもこの家……」

表札と地図。

その両方を交互《こうご》に見てからキタローは呟《つぶや》く。

「田中……」

目の前の家の名字が田中と、聖書やキリスト教とは明らかに無関係そうであったからだ。

それこそが自信喪失《そうしつ》の理由であった。

しかし、背中を押す様に白兎が言う。

「……ボクやキタローが気付けないだけで、本当は田中にも意味があるかもしれないだろう？」

「いや、流石に田中は……」

「ボクも君も、ヘブライ語は分からない。ラテン語もだ。兎に角、もしかしたらそれ等の言語ではタナカが聖書なんかに纏《まつ》わる言葉の可能性もある。例えばユダヤ人にとっては唯《ゆい》一《いっ》の聖書である旧約聖書は、Tanakhと書いてタナハと読むんだ。タナカと読めなくも無いだろう？　これでも絶対に関係が無いと、そう言い切れるかい？」

「確かにそれが無いとは言い切れませんけど、でもここは日本だし……田中って、どう考えても田んぼの中って意味しか……んっ？」

ここで、キタローの表情が険しいものへと変わった。

眉間《みけん》に皺《しわ》を寄せ乍ら、今引っ掛かった「ナニカ」の正体を暴《あば》こうと思考を巡《めぐ》らせる。

「田の中……」

口の中でそう呟いた時、彼は発見した。

「あった！」

「何か気付いたのかい？」

「あったんですよ、十字架が！」

ポカンとしたままの白兎に、キタローは続ける。

「言葉通りだったんです！　つまりですね、田の中に『ソレ』があるんです！　漢字で田んぼの田を書いて見て下さい！」

「……へえ」

白兎もそこで、漸《ようや》く彼の言わんとしている事に気付いた。

「そうなんです！　口の中に十……つまり漢字の『田』の中には、十字架があるんです！

ちゃんとこの名字にも意味はあったんだ……！」

興奮するキタローに、白兎は都合がいいとでも言わんばかりに告げる。

「本当に今日の君は冴《さ》えているね。これで心配事も無くなった事だし。……さ、行こうか」

「そ、そうっすね」

流されるままに返事をしたキタロー。

白兎を先頭にして開いていた門を潜《くぐ》り、二人は田中家の敷地内《しきちない》へと入っていく。

玄関迄《げんかんまで》のアプローチには飛び石が敷《し》かれ、周囲は立派な日本庭園。

頭に「ヤ」の付く迷惑《めいわく》な輩《やから》の親分でも住んでいそうな、この日本家屋の邸宅《ていたく》のチャイムを臆《おく》する事も躊躇《ためら》う事も無く白兎は押した。

ピンポーン。

磨《す》り硝子《ガラス》の引き戸越し。

足音と共に近付く、この家に住む者であろう人影《ひとかげ》。

カラカラと音を立て、開かれたその戸の向こう側に居たのは――。

「――ッ!?　アナタ達《たち》!?」

昨日喫茶店で会った、伊耶奈《いさな》という少女であった。

「えっ」

お互《たが》いに驚いてフリーズするも、直ぐに正気に戻《もど》った伊耶奈がキタロー達の背後を窺《うかが》う
様な仕草を見せてから言う。

「……上がって」

「え、いいの？」

戸《と》惑《まど》い乍らもキタローが訊ねると、まるで何かに怯《おび》える様に伊耶奈は急《せ》かした。

「早くして」

「じゃあ、お邪魔《じゃま》します」

白兎もそれに続く。

「お邪魔します」

そしてボソリとこう呟いた。

「当たりを引いたか」

気になったキタローが訊き返す。

「何か言いました？」

「いや、何も。これも因果だなと思ってね」

「……？　はあ」

その言葉の意図する所が分からず、彼はそう気の無い返事をする事しか出来ないのだった。


【イザヤ】


「インスタントコーヒーしか無いけど」

そう言い乍《なが》ら伊耶奈は、キタローと白兎にティーカップを差し出す。

「あ、有難《ありがと》う」

「嬉しいな、ボクはコーヒーならなんでも好きだから構わないよ。いただきます」

暢気《のんき》にも早速飲み物に口を付ける白兎の姿を見て、キタローは呆《あき》れ返《かえ》った。

「この人はこんなよく分からない状況でも通常営業だな……」と。

それから彼はキョロキョロと室内を見回す。

高価そうな壺《つぼ》に掛け軸《じく》。

座《すわ》り心地《ごこち》の良い座蒲団《ざぶとん》に、木目が美しい大きな一枚板のテーブル。

ティーカップも海外の某有名《ぼうゆうめい》ブランド製と、油神の家にも劣《おと》らない贅沢《ぜいたく》振り。

見れば見る程凄《ほどすご》い家だ。

実はこの跳《は》ねっ返りは良家のお嬢様《じょうさま》だったのか。

そう思い乍ら正面に座る伊耶奈を見ると、強気で生意気そうな目元にも品がある様にキタローには思えた。

但《ただ》し――。

「……何見てるの？　キモ」

口を開かなければ――という条件付きではあるが。

苛立《いらだ》ちを努めて抑《おさ》え、彼は訊《たず》ねる。

「……あのさ」

「なに」

「言われるがまま上がっちゃったけど、ご両親とかに黙って勝手に大丈夫《だいじょうぶ》？」

「はあ？　別に私の勝手でしょ。それに親居ないし」

「出掛けてるの？」

「……」

伊耶奈の視線が下がった事でキタローは色々と察し、先回りをして謝《あやま》った。

「あっ、なんか立ち入った事訊いてごめん」

「はあ？　別に両方とも死んだ訳じゃないから。片方は生きてるし。只《ただ》その片方がずっと居ないだけだし」

「あ……そうなんだ……」

キタローは失言を後悔《こうかい》する。

何方《どちら》にせよ複雑な事情はあったし、やはり最初に察した通り片親を亡《な》くしているという部分は間違っていなかったのだから。

重苦しい空気が部屋を包んだ。

自分の不用意な発言の所為とはいえ、耐《た》え難《がた》い程の気不味《きまず》さを覚えたキタローは助けを求める様な視線を白兎へと向ける。

だがそれに気付いた白兎が助け船を出すよりも早く、不意に伊耶奈が言葉を発した。

「でもまさか、来てくれるのがアナタ達だなんて……」

「えっ」

まるで見知らぬ誰《だれ》か。

——例えば救世主でも待っていたかの様な、少なからず期待の伴《ともな》ったその物言いに戸惑うキタロー。

伊耶奈は重ねて続ける。

「……何か気付いたからウチに来たんでしょ？」

図星だった。

キタローは驚いて白兎の方を見る。

すると彼女もキタローの方へと微《かす》かに顔を向け、視線を送っているではないか。

僕《ぼく》から話せという事だろうか。

そう理解し、彼はここへ訪ねてきた理由を掻《か》い摘《つま》んで伊耶奈に話し出した。

しかし――。

「……それで、ここにも箱があるんじゃないかと思ったんだ。その根拠《こんきょ》は他にも――」

「最悪」

まだ話し終わりもしない内に、あからさまに落ち込んだ様子で伊耶奈はそう一言吐き捨てた。

意味の分からないキタローは訊き返す。

「最悪って、どういう――」

この言葉に被《かぶ》せる様に、伊耶奈は言った。

「期待して損した」

「はあ？」

つい苛立ちを表に出してしまったキタローに、伊耶奈がはっきりとこう言い切る。

「箱なんて無い」

「え」

更《さら》に衝撃《しょうげき》を受けるキタロー。

思いもよらぬ言葉は続いた。

「あるのは材料だけ」

「へ？　材料⁉　それって――」

その不穏《ふおん》な発言の真意を確かめ様と、キタローがそう訊ね掛けた時だ。

この部屋へと近付く足音がする事に気付き、黙り込む。

現在、伊耶奈の親はこの家に居なかった筈《はず》だ。

では一体誰が？

否応《いやおうな》無しに高まる緊張《きんちょう》感。

やがて障子に浮かんだ人影。

部屋に居た三人の視線がそこへ注がれた。

伸びた影《かげ》の手が戸口に掛かり、「すぅっ」と開かれる。

そこから現れたのは、二十歳《はたち》前後の青年。

面立《おもだ》ちが何処《どこ》となく、伊耶奈に似ていた。

それもその筈。

「お兄ちゃん」

伊耶奈がそう呼んだ通り、二人は兄妹《きょうだい》であったのだ。

「ああ、どうも話し声がすると思ったらお客さんがいらっしゃっていたんだね」

一目で状況を理解した伊耶奈の兄。

キタローと白兎は姿勢を正し、「お邪魔しています」と挨拶《あいさつ》をした。

すると、それに応《こた》える様、彼も続く。

「兄の伊耶也《いざや》です」

その名を聞いたキタローの表情が変わった。

イザヤという名前も、また聖書に関連するものだと気付いたからだ。

その辺りの事に明るくない彼でさえ、聞いた事がある程《ほど》には有名な名であった。

キタローは急いで白兎の方へ振《ふ》り返り、説明を求める様な視線を向ける。

彼女はやれやれといった風に、説明臭《くさ》くこう切り出した。

「イザヤと言うと、やはりキリストの出現を預言したとして聖書に出てくる名が有名ですよね」

「ええ」と、穏《おだ》やかに伊耶也が頷《うなず》く。

「イザヤの一団が四国の剣山《つるぎさん》へ、ユダヤの秘宝である聖櫃《せいひつ》を持ち込んだなんて話もある事ですし、この村にも相応《ふさわ》しい名ですね……皮肉な事に」

何が皮肉なのかキタローには分からなかったが、この最後の一言が伊耶也の顔色を変えた事は確かだった。

それ迄《まで》穏《おだ》やかであった彼の表情が一瞬で翳《かげ》る。

「……妹が迷惑を掛けていませんか？」

その言葉には、拒絶《きょぜつ》のニュアンスが多分に含《ふく》まれていた。

負けじと白兎が答える。

「いいえ、むしろボク達の方こそ急に押し掛けてしまい、ご迷惑をお掛けしてしまって申し訳無く思っています。妹さんには無理に付き合って頂き、感謝の気持ちしかありません。それと迷惑ついでに、出来ればお兄さんからも色々と村の事等お聞かせ願えませんでしょうか？」

白兎に引く気が無いと見るや、今度は伊耶也は伊耶奈の方を向いて言った。

「……伊耶奈。何も知らない人間を巻き込むつもりか？」

「私は何も言っていない！　何も……」

その言葉に嘘《うそ》は無さそうだと判断した伊耶也。

だが、有無《うむ》を言わさぬ様子で続ける。

「ならいいけど、こんな何も無い家にこれ以上この方達を引き留めては申し訳ないだろう？　見た所観光客の様だし、お前のお喋《しゃべ》りに余りお時間を取らせるんじゃない」

「でも、このままじゃ今晩にも……」

「お引き取り願いなさい」

「……はい」


——このままじゃ今晩にも。


キタローには伊耶奈のその言葉が気に掛かったが、この空気ではそれを訊く訳にもいかない。

こうなってしまっては仕方が無いと、二人は腰を上げたのだった。

「あの」

玄関迄見送りに来た伊耶奈が、靴《くつ》を履《は》く為《ため》にしゃがみこんだキタロー達の背中へとか細い声を掛ける。

振り返る二人。

「お兄ちゃんを……」

そこ迄言った所で、彼女は口を噤《つぐ》んだ。

そして結局、最後迄その言葉の続きを発する事は無かった。

だが、白兎はこう言い切る。

「大丈夫、伊耶奈ちゃんの言いたい事ならボクはもう分かっているから。それと、とても優《やさ》しいお兄さんだね……そして、君も」

伊耶奈は俯《うつむ》き背を向けると、「有難う」と呟いた。

その小さな肩《かた》とツインテールが、微かに震《ふる》えている。

キタローにも彼女が何を伝えたかったのか、それが聞かずとも分かっていた。

「助けて」と、そんな目をしていたから。

「でも」と、彼は悩《なや》む。

一体何から助ければいいのだろうか？

謎《なぞ》を解く為にここへ来た筈が、これでは又《また》新たな謎が生まれただけだ。

（まあ、先輩《せんぱい》は何かに気付いたみたいだけど……）

気持ちの悪いものを胸の辺りに残し乍らも、キタローは白兎と共に田中家を後にするのだった。

【異変】


交差する道の端《はし》に寄って立ち、キタローは白兎に訊ねる。

「……もしかして、僕は何か……何処か間違ってるんですかね？　この村についての、考え方に関して……」

何かを打ち明けたいと同時に、巻き込みたくない。

キタローはそんな印象を、伊耶奈から受けていたのだ。

「それにさっき言い掛けた言葉、僕にはあの続きが『助けて』に思えてならないんです」

「シッ」

その時、急に白兎が唇《くちびる》に人差し指を当ててそう注意を促《うなが》した。

彼女は続ける。

「夜にでも話そう。兎《と》に角《かく》外でこれ以上この話題は不味《まず》いんだ」

訳が分からなかったが、その鬼気《きき》迫《せま》った言葉にキタローは従う事にした。

「……必要以上に警戒《けいかい》しなくとも、普通《ふつう》にしていればそれでいいよ。ボクはもう調べたい事は無いから、今日はもう後はキタローの好きに写真を撮《と》るといい。付いていくから」

「あ、はい、分かりました」

そう返事はしたものの、彼の心中は穏やかではない。

写真を撮る為にファインダーを覗《のぞ》いても、昨日迄《まで》の様に只綺麗《ただきれい》な風景にはもはや見えなかった。

呼吸をする事すらままならない程の粘性《ねんせい》を帯びて喉《のど》に纏《まと》わり付く、不快極まりない重苦しい空気。

空もどんよりと、何時《いつ》の間《ま》にか全体を黒く厚い重そうな雲に覆《おお》われている。

言い様の無い不安と閉塞感《へいそくかん》。

それ等《ら》はまるで、この村の意思を——悪意を表しているかの様に思えてならない。

このまま伊沢村《いざわむら》に留《とど》まり続けてはいけないという思いばかりが、際限なくキタローの胸の内側で膨らんでいく。

（……なんだろう、凄《すご》く嫌《いや》な感じだ）

そんな不安を払拭《ふっしょく》したくて、キタローは前方からシルバーカー（高齢者《こうれいしゃ》用手押《てお》し車《ぐるま》）に掴《つか》まり乍ら歩いてやって来る、柔和《にゅうわ》な笑《え》みを携《たずさ》えた老婆《ろうば》に挨拶をする。

「今日はー」

しかし――。

「……」

返事は無い。

老婆はニコニコとした表情を崩《くず》さぬまま、キタロー達等《たちなど》初めから居なかったと言わんばかりに、完全な無視を決め込んでいた。

昨日迄は、村の人の方から挨拶をしてくる程度には友好的だったのにだ。

耳が遠いのだろう。

そう思う事にし、キタローは再びカメラを構えた。

古い蔵《くら》や、家屋にカメラを向ける。

そうしていると、ファインダー越しに三十代半ば位であろう、洗濯物《せんたくもの》を取り込みに家の中から現れた女性と目が合った。

直ぐにキタローはカメラを下ろし、挨拶をする。

「今日は」

だが――。

「……」

やはり、無視。

（なんだよ、これ……）

その決定的とも言える村の人々の態度の変化に居心地《いごこち》の悪さと不気味さを覚えたキタローは、何故こんな事になったのかを白兎に訊ねようとした。

だがそれよりも早く「もう手遅《ておく》れか」と、彼女が先に呟く。

恐《おそ》る恐る、キタローは訊き返した。

「手遅れって……？」

「なに、只少し不味い事になったってだけさ」

白兎に疑惑《ぎわく》の念を向け乍ら、キタローは愚痴《ぐち》を溢《こぼ》す。

「絶対少しじゃないし……」

ふと見れば、昨日はギリギリ耐える様に立っていた向日葵《ひまわり》がポキリと、頭を垂れる様に茎《くき》の途中《とちゅう》から折れていた。

それだけではない。

これ迄気付きもしなかったが、水の流れが無く乾《かわ》いた側溝《そっこう》には蝉《せみ》やカナブン等夏の虫達の亡骸《なきがら》が砂混じりに重なる様にして転がり、そこに無数の蟻《あり》が群がっている。

死の気配とでもいうべきものばかりが、何故《なぜ》だか今のキタローの目には付いてしまっていた。

これは何かのサインだろうか？

或《ある》いは気持ちの問題か。

そこへ更に追い打ちを掛《か》ける様、白兎が不穏な言葉を発する。

「まさか連中がここ迄疑《まで うたぐ》り深《ぶか》かったとはね……。村興《むらおこ》しをしようと考える位だからもう少し大らかかもと思っていたんだけど、どうやらボクの考えが甘《あま》かったみたいだ。それとも、やはり時期が悪かったのかな」

「時期って？」

「今夜中にはその意味が分かるさ」

「……襲われたりとかは無いんですよね？　そもそも宿は安全なんですか？」

「監視《かんし》はされている様だけど、襲ってはこないだろう。沢《ま》してや警察が調べそうな場所で事を起こそうだなんて、向こうもそこ迄愚《おろ》かじゃないさ」

「だったらいいんですけど……」

「安心しなよ、ボク等が余計な事さえしなければ大丈夫さ」

白兎はそう言って笑ったが、キタローは気が気ではない。

何故ならば彼女がその余計な事をするつもりであるのが、火を見るよりも明らかであったからだ。

白兎がどんな人間なのかを一番よく理解しているが故《ゆえ》の、不安と気苦労が絶えない。

「村の人を敵に回して追い掛けられるってパターンは、本当に懲《こ》り懲《ご》りですからね！」

キタローは再度、強めに釘《くぎ》を刺す。

「大丈夫、ボク等は飽《あ》く迄隠《まで》《かく》れキリシタンの痕跡《こんせき》を探《さぐ》る只の旅行者だ」

「……本当に信じていいんですね？」

「ならボクの処女を賭《か》けようか？」

「はいっ⁉」

その白兎に依《よ》るとんでもない申し出に、キタローは思い切り取り乱した。

(処女なのかっ⁉　……ってそうじゃなくて！)

「そういうものは賭けの対象にしちゃ駄目《だめ》ですよ先輩⁉」

「あはは！　勿論冗談《もちろんじようだん》だよ！　本気にしたのかい⁉」

「～～ッ？」

(処女をくれるって言った事が⁉　それとも処女なのが冗談なのか⁉)

混乱したキタローに、白兎は尚も続ける。

「うーん……。じゃあ来週一週間、毎日一つだけ学校で何か飲み物でも奢《おご》るよ。これならどうだい？」

「言いましたね⁉　それなら乗ります！」

「……まあ、その旅行者が間違《まちが》って踏《ふ》み込んではいけない場所に入ってしまうってハプニングは、カウントしないでくれよ？」

キタローは絶句した。

（駄目だこの人、完全にやらかす気だ……）

白兎にどれだけ釘を刺した所で、キリストの様に大人しく磔《はりつけ》になってはくれないのだと、改めてキタローは思い知らされる。

それにしても、処女というのは本当だったのだろうか？

むしろ、余計に悩みの種ばかりが増えたのだった。

◇

あれから一通り村全体の写真を撮り終え、余った時間を「DE田舎《いなか》」で潰《つぶ》した後、二人が民宿森屋へと戻る頃《ころ》には既《すで》に　高感度ノイズの様なザラつく夜の粒子《りゅうし》が山間の寒村に沈殿《ちんでん》する様に満ちてきていた。

帰《かえ》り際《ぎわ》「ご主人や女将《おかみ》さんが豹変《ひょうへん》していたらどうしよう……」という悪い考えが、キタローの脳裏《のうり》を過《よ》ぎる。

だがそんな心配を他所に、少なくともこの二人の態度だけはこれ迄通りであった。

そしてこの日も夕食には山からもたらされた、滋味《じみ》深い料理が並んだ。

勿論松茸《もちろんまつたけ》も二日連続で。

だがやはり、白兎はそれ等を「あげるよ」と譲《ゆず》ってくる。

そんな好意を素直《すなお》に受け取り、キタローはその豪勢《ごうせい》な料理に舌鼓《したつづみ》を打ったのだった。

だが、彼《かれ》の幸せな時間もここ迄である。

夕食後、部屋に戻ると早速《さっそく》白兎が言った。

「さ、直《す》ぐに出ようか」

「えっ、なんでですか？　もうちょっとゆっくりしましょうよ」

「栄養は付けただろう？　ボクの分の松茸だって食べたんだ、働いて貰《もら》うよ」

「あの松茸にそんな意味が含まれていたなんて……やられた。まあ食べちゃったものは仕方無いですしね、分かりました。……でも何しに外へ行くんですか？　僕等《ぼくら》は監視されてるんですよね？」

「だとしても……祭りに遅《おく》れたくはないからね」

――祭り。

白兎の口から聞くと、本来明るいイメージしかなかったその言葉すら、怪《あや》しい響《ひび》きが混じっている様にキタローには思えた。

（実際、僕が考えてる様な普通の祭りじゃ無いんだろうな……）

色々と勘付《かんづ》き乍らも、彼は彼女の言いなりとなって簡単に支度《したく》を整える。

「ってか先輩、祭りってまさか、あの胡散臭《うさんくさ》いネットの書き込みを本当に信じているんですか？　さっき時期がどうこう言ってたのも、それですか？」

「まあね。……ああ、そういえばキタロー。君のザックにはダクトテープだかガムテープが入っていたね？」

「ああはい、ガムテなら一応入ってますけど」

「じゃあそれを持っておいて」

「え？　……分かりました」

「ガムテなんか何に使うんだよ」と不思議に思い乍らも、言われた通りにそれをズボンのポケットへと突っ込んだ。

「さ、行こうか」

「はい……」

宿を出る際、ご主人に咎《とが》められるかもしれないと覚悟《かくご》していたキタローであったが、意外な事にその姿が何処にも見当たらなかった。

丁度出掛《でか》けているのだろうか？

都合がいいと、彼が玄関《げんかん》の引き戸へと手を伸《の》ばし掛けた時だ。

「ガラッ」と、それが自動的に開いた。

否《いや》、自動で開く筈が無い。

戸は表から、人力で開けられたのだ。

そうしたのは勿論《もちろん》――この民宿のご主人であった。

「あっ」という声が、キタローの口から漏《も》れる。

出入口から右半身だけを出した格好で、優しい笑みを顔に張り付けたご主人が訊ねてきた。

「こんな時間に何方《どちら》へ？」

「どうにか上手《うま》く言《い》い逃《のが》れなくては」と、キタローが頭を目一杯《めいっぱい》回転させる。

しかしそんな時、白兎が考えの邪魔でもするかの様に「キタロー！」と叫《さけ》んだ。

なんだろうか？

思考の世界から現実へと引き戻されたキタローは、まるでスローモーション映像でも見るかの様に目の前の光景を眺《なが》めていた。

ご主人が玄関の死角となって隠《かく》れていた左半身側へと右手を持っていき、次に両手が頭上から現れる。

手斧《ておの》をきつく握《にぎ》り締《し》めた、両手が――。

ご主人は全体重を手斧に乗せ、しゃがみ込み乍らそれを思い切り振り下ろした。

考えるよりも早く、反射で咄嗟《とっさ》に横っ飛びをしたキタロー。


ドカッ！


彼は下駄箱《げたばこ》へと強《したた》かに体をぶつけてしまう。

しかし、そうしなければ今頃《いまごろ》――。

土間に減《め》り込んだ手斧を見詰《みつ》め乍ら、キタローは何処《どこ》か他人事の様に思った。

（……頭、割られる所だった……んだよな？）

ご主人の首がぐりんとこちらを向き、目と目が合う。

笑ってはいたが鋭《するど》い眼光は隠し切れず、細められた目の奥《おく》からしっかりと殺意が見て取れた。

――ヤバイ⁉

直ぐに体勢を立て直し、キタローはもう一度横っ飛びをする。

直後「バキャン！」という音を立てて、下駄箱の上部が破壊《はかい》された。

直ぐ様向き直り、手斧を持ち上げ、尚《なお》もそれを勢いよく振り下ろすご主人。

今度はそれを、キタローは大きなバックステップで回避《かいひ》する。

すると手斧は「バキィ！」と、上《あ》がり框《がまち》に深々と突《つ》き刺《さ》さった。

それが簡単には引き抜《ぬ》けなくなったのか、ご主人は「フン！」と鼻息を荒《あら》くして手こずっている。

すかさず白兎はこの機を逃してなるものかと、刺さった手斧を思い切り踏みつけてキタローの名を叫んだ。

「今だキタロー！」

二人の間に細かい指示は必要無かった。

「おらぁっ！」

キタローは体勢を低くし、ご主人へと向かって思い切り体当たりをぶちかます。

「ぐぅっ⁉」

壁《かべ》へと強かに打ち付けられたご主人は体当たりされた際の脇腹《わきばら》の痛みと、壁へ押《お》し付《つ》けられる様にぶつけた衝撃から「うぅ」という声を漏らし乍ら、堪《たま》らず手斧の柄《え》を放してその場に崩れ落ちると苦しそうに蹲まった。

この隙《すき》にキタローはご主人の腕《うで》を取って背中側へと持っていく事で関節を極《き》める。

それとほぼ同時に白兎もキタローのズボンからガムテープを取り出し、それを使ってご主人をぐるぐると手早く縛《しば》り上げた。

初めの内はご主人も体をバタつかせて抵抗《ていこう》していたが、観念したのか仕舞《しま》いにはなされるがまま大人しくなる。

そんな様子を見詰め乍ら、キタローは呟《つぶや》いた。

「まさか、本当に襲《おそ》ってくるなんて……」

「ボク等が只の旅行客で居たなら、こうはならなかったんだろうね」

「ガムテといい、こうなるって分かってましたね？　先輩」

「……さあ？」

「惚《ぼ》けちゃって……もういいですよ。……っていうか、このままご主人に洗《あら》い渫《ざら》いこの村の全《すべ》てを話して貰いましょうか？」

「いや、どうせ簡単には口を割らないだろう。見てご覧よ、この目を」

適当な布で作った猿《さる》ぐつわを噛《か》ませ乍ら白兎がそう促すので、キタローは恐る恐るご主人の顔を覗き見る。

「うわぁ……」

その日は憎《にく》しみと怒《いか》りに満ち、睨《ね》め付ける様にこちらを向いていた。

「ほら、会話なんて無駄《むだ》だって事がよく分かったろう？　先を急ぐよ」

「は、はい。……あ、先輩」

「何？」

「外で女将さんも待ち受けてたりしませんよね？」

「それは無いよ。細かい説明は後だ」

「先輩がそう言うのならそうなのだろう」と、キタローも一先《ひとま》ず納得《なっとく》する。

それからこんな事も思った。

「先輩と一緒《いっしょ》だと、やっぱりこうなるよなぁ……」と。

嫌な気分になり乍らも、彼はちゃっかりとした様子で言う。

「先輩」

「なんだい……まだ何かあるのかい？」

「一週間ジュース奢るって件、宜《よろ》しくです」

「……分かってるよ」

白兎は呆れた様な、苦々しい様な視線を寄越《よこ》し乍らもそう答えるのだった。

【祭り】


監視の目が厳しくなっている筈の外へと飛び出した二人。

だが夜という事もあってか、キタローには先程《さきほど》の夕暮れ時よりはそれが幾《いく》らか減っている様に感じられた。

（さっきは窓という窓から覗かれている様な気がしたのに……。何か妙《みょう》だな……）

宿を出て数十メートル。

突然《とつぜん》白兎は立ち止まると、辺りを窺う様な仕草を見せ乍ら訊ねてくる。

「気付いたかいキタロー」

「……何がです？」

「やけに静かだろう？」

耳に意識を集中させたキタローは同意した。

「……やっぱり、この静けさは可笑《おか》しいですよね？」

「うん。まるでボク等が夕食を済ませている間に、村の人間の殆《ほとん》どが消えてしまったかの様だ」

「そんなまさか」

「勿論実際に消えた訳じゃないさ。で、あるならば、彼らは何処に行ったんだと思う?」

「何処って……」

キタローはパンツの後ろポケットに突っ込んでいた地図を取り出す。

それを近くにあった街灯の頼りない光で、目を凝らして眺め乍ら呟いた。

「……この狭《せま》い村の何処に行こうって言うんですか」

その言葉を受け、白兎は地図には目もくれずに言う。

「丸太川の上流さ」

何故《なぜ》彼女《かのじょ》がそう断言出来るのかが、キタローにはさっぱり分からない。

「どうして先輩は、そんな所に村の人が集まってると思うんですか?」

「祭りを行うのに相応しい、神聖な場所なんだろう」

「祭りですか……。先輩がそこ迄あのネットの書き込みを信じる根拠は一体なんなんですか?」

「詳《くわ》しくは又後で説明するよ」

「……分かりました。それで、川へはどうやって行くんですか? 川へ出る様な道なんて、ここへ来てから一度も見掛《みか》けなかった筈ですけど……」

「地図を見てご覧。この村の向かって左側に丸太川があるだろう？」

「はい」

「それは上流に行くに従い、緩《ゆる》やかに右に曲がっているね？」

「はい」

「ボク等が泊《と》まっている森屋は村の最西端に位置するけれど、川へ出る道は無かったよね？」

「はい」

「なら川の上流へと続く道の出入口は一つしかない」

地図を見乍《なが》ら、キタローは呟いた。

「油神さんの家……ですか？」

「ああ」

「先輩の言う通り川の上流が神聖な場所だとしたなら、村一番の権力者の油神さんの家が、その出入口を管理しているってのは確かに自然だし頷けるな」と、キタローは納得する。

「でも出入口が分かった所で、すんなり通してくれますかね？」

「取《と》り敢《あ》えずは様子を見て、駄目そうなら別の場所から侵入《しんにゅう》しよう」

「……どうしても行くんですね」

「勿論」

白兎の意思が固い事を理解し、キタローはこれ見よがしに「はあ」と溜《た》め息《いき》を吐《つ》いた。

それから嫌々《いやいや》といった様子を隠そうともせずに言う。

「……じゃあ行きますか」

「うん」

キタローを先頭に、再び二人は歩み始める。

そして、村中央の十字路に差し掛かろうという時だった。

油神の家のある方からシルバーカーを押した老婆が、ゆっくりと右折して二人の方へと向かって来たのだ。

キタローにはその姿に見覚えがあった。

先程《さきほど》挨拶《あいさつ》を無視されたあの老婆だ。

(おいおい、村の人はみんな丸田川の上流に向かったんじゃなかったのかよ⁉)

街灯に照らされた事でその顔は、笑い皺《じわ》の数だけ彫《ほ》り込まれた様な濃《こ》い影が出来上がっていて、歌舞伎《かぶき》の舞台《ぶたい》で見る面の様な不気味さを醸《かも》し出《だ》していた。

小声でキタローが「……先輩」と声を掛けると、白兎は「ああ」とだけ返事をしたが森屋であんな事があったばかりだ。

それだけで十分に注意を促す意味があるという事が、彼にはしっかりと伝わった。

徐々《じょじょ》に距離《きょり》を縮めていく両者。

（まあでも、こんな足の悪そうなお婆《ばあ》ちゃん迄もが襲ってくるなんて事は無いよな）

心の何処かでそんな甘い考えを残しつつ、ある程度近付いた所でキタローが「今晩は」と先に挨拶をした。

「……」

やはり返事は無い。

それでも一応頭を軽く下げつつ、老婆と擦《す》れ違《ちが》おうとした時だ。

――えっ。

シルバーカーの背面に付いていたポケットから、老婆が鈍《にぶ》く光る金属で出来た「何か」を取り出したのをキタローは視界の端で捉《とら》えた。

先端《せんたん》に突起《とっき》のある、独特なフォルムの刃物《はもの》。

それはなんと――。

――鉈《なた》だった。

「喰《く》らえぇぃっ！」

殺意に見開かれた老婆の血走った目。

腰《こし》の曲がった年寄りとは思えぬ程、勢い良く大きく振り上げられた鉈。

咄嗟にキタローは白兎の腕を取って手前に引き寄せ乍ら、足刀蹴《そくとうげ》りで突く様に老婆の腰辺りを蹴《け》り飛《と》ばした。

「ぐえっ⁉」

シルバーカーと共に横倒《よこだお》しになった老婆は、小さく蹲《うずくま》り乍らも鋭い視線をこちらに寄越し、呪詛《じゅそ》の様な言葉を吐きつけた。

「こんの余所《よそ》モンの餓鬼《がき》ャ！　年寄りになんちゅうこんしよるんがぁっ⁉　ぶっ殺しちゃるぞぉっ！」

「うっ」

隠す事無く向けられる剥《む》き出しの悪意と殺意に満ちた物言いに、キタローは思わず後退《あとずさ》りする。

その勢いたるや、手負いの獣《けもの》を彷彿《ほうふつ》とさせる程であった。

「警戒してなければ、今のでやられていたかもしれない……」と、肝《きも》を冷やすキタロー。

対して白兎は、冷静な様子で礼を言う。

「すまないねキタロー、助かったよ」

「あ、いえ」

「それと、そろそろ手を離《はな》してくれていいよ。……少し痛いかな」

「あっすみませんっ！」

つい力を込め過ぎていた事に気付き、キタローは直ぐにその手を放した。

それから二人は倒《たお》れた老婆の方へと、心配と警戒の為に目を向ける。

彼女《かのじょ》はまだ諦《あきら》めていないのか、鉈を手にしたまま今にも起き上がろうという所だった。

だがやはり足腰《あしこし》は弱っていたらしく、結局はよろけて尻餅《しりもち》を搗《つ》いてしまう。

何度も何度も、老婆は健気《けなげ》にそれを繰《く》り返《かえ》した。

――二人を殺す為にだ。

その光景は現実離《ばな》れして見える位には、悍《おぞ》ましいものだった。

「おのれぇ……おのりゃあっ！　糞《くそ》ッ小僧《こぞう》がっ！　死にさらせッ！」

立ち上がれない事への苛立《いらだ》ちも加わり、老婆の口からは汚《きたな》い言葉ばかりが飛び出す。

それを背中に受け乍ら、二人は先を急いだ。

◇

「いいんですか？　あの老婆を放っておいて……。森屋のご主人みたいに、一応縛っておいた方がよかったんじゃないですか？　仲間を呼ばれでもしたら……」

「いや、それは無さそうだよ。それならばもうとっくに周りの家々から人が出てきてなきゃ可笑しい。今家に残っているのは足腰の不自由な者か小さな子供位のものだろう」

「そう言われるとそうですね……。それにもう何処《どこ》にも、見張りらしき大人の姿も見えないし……」

油神の家周辺の様子を窺《うかが》い乍らキタローがそう言うと、白兎も頷く。

「うん、そうと分かればこっちのものだ。家の裏手に回ってみよう。きっと出入口はそこだ」

二人は油神家の庭に侵入し、なるべく足音を殺し乍ら家をぐるりと山側に迄回り込んだ。

大小様々な岩がゴロゴロと、美しい枯山水《かれさんすい》を造っている裏庭。

そこを注意深く見渡《みわた》す白兎の視線が、ある岩と岩の間の一点で留まった。

「ほら、あった」

そう言って彼女が指差す先へと、キタローも目を向ける。

「本当だ。ここからみんな山の中へ登って行ったんですね」

そこにはまだ出来たばかりであろう無数の足跡《あしあと》が、山側の斜面《しやめん》の奥へと続いて残っていた。

白兎が懐中電灯《かいちゆう》を手に言う。

「明かりは最小限にしたいから、ボクの懐中電灯だけで行くよ。転ばない様気を付けてね？」

「オッケイです」

二人は覚悟を決め、暗く足元の覚束《おぼつかな》無い闇《やみ》の中へと続いていく細い山道へと踏み込んでいった。

白兎の後を追い乍ら、キタローが先程から気になっていた事を訊《たず》ねる。

「……さっき迄は村中の人間が僕等を監視していた癖《くせ》に、今度は不用心過ぎやしませんか？　まさか誘《さそ》い込まれてるなんて事は無いですよね？」

「それは大丈夫《だいじようぶ》だろう。奴《やつ》らは今日祭りが行われる事と、その場所がボク等に分かる訳なんか無いと思って油断しているんだ。それに森屋のご主人さえボク達《たち》につけておけば、どうにかなると高を括《くく》っていたんだろうさ」

「でも、そうなるとさっきのお婆さんは？」

「勝手に判断して、残って見張りをしていたって所じゃないかな？　その証拠《しようこ》に、もう襲ってくる様な人は居ないじゃないか」

「そうですね……」

「まあ何にせよ、引き続き警戒を怠《おこた》らずに行こうか」

「はい。……それと先輩はなんで今日が本当に祭りで、それを行う神聖な場所が丸太川の上流だって思ったんですか？　まさかあんな出所不明のネット書き込みだけを信じて、行動してる訳じゃないですよね？」

「そっか、さっきそれを説明しそびれていたんだったね。勿論ネットの書き込みだけでそれを確信した訳じゃないよ。……今日が祭り、或いはそれに準ずる重大な何かが行われるって事なら、さっき伊耶奈ちゃんが口を滑《すべ》らせたから確信出来たんだ」

「伊耶奈ちゃんが？」

「キタローだって引っ掛かった筈《はず》だよ、彼女の『このままじゃ今晩にも……』って言葉がね」

「確かにそうですけど、それだけで？」

「それで十分さ。彼女の切羽詰《せっぱつ》まった様子と、余裕《よゆう》の無い苛立ち。そして藁《わら》にでも縋《すが》る様な目。……それが全てさ」

「成程《なるほど》……。じゃあ、場所が分かったのは何故《なぜ》ですか？」

「祭りで行う儀式《ぎしき》と関係がありそうな場所は、そこしか有り得ないからね」

「何故断言出来るんです？　それに儀式……ですか？」

そんな話、一言も聞かなかった筈だ。

そう違和感《いわかん》を覚え乍らも、キタローは白兎の言葉の続きを待った。

「ああ、儀式だ。人身御供《ひとみごくう》の手足を切り落とし、川へと流すね」

「はいっ⁉」

何処からそんな物騒《ぶっそう》な話になったのか、それがさっぱり分からないキタローは驚《おどろ》くと同時に戸惑《とまど》った。

白兎は続ける。

「手足を切り落とされた状態の人間を、達磨《だるま》や丸太と比喩《ひゆ》……或いは隠語《いんご》として呼ぶ事があるんだ。丸太川の語源は聖書に書かれたマルタでは無く、こっちなんだろう」

「た、確かに場所的にも伊耶奈ちゃんの様子からも、それなら辻褄《つじつま》が合いますけど……いや、でも……」

「そして彼女の口振《くちぶ》りからして、今回の犠牲者《ぎせいしゃ》は伊耶也さんだろう」

「……やっぱり、あの時言い掛けた言葉は『お兄ちゃんを助けて』だったんですね」

「うん、そうと見て先《ま》ず間違い無《な》いだろう。そしてそんな村の重要な儀式に、箱の伝わっている森屋の人間が何方《どちら》も参加しないなんて事は有り得ない」

「確かに……」

「ご主人がああやってボク等の見張りをやっていたという事は、女将さんはこの先に居るんだろうね」

「そういう事でしたか……って、ちょっと待って下さい、今から僕等はそんなヤバイ場所に行こうとしてるんですよね⁉　いや無理ですって！」

自分達がどれだけ危険な事をしようとしているのか、それに改めて気付かされたキタローは足を止めて抗議《こうぎ》した。

すると白兎も足を止めてこちらを振《ふ》り返り、憐《あわ》れみと怒りを含《ふく》んだ、だがそれを表面的には出さない、そんな複雑そうな顔をして言う。

「……ボク達に危機を伝えたいけれど、それをして巻き込む訳にはいかない。そんな二つの反発し合う思いに板挟《いたばさ》みになっていた優《やさ》しいあの子を、君はこのまま放っておけるのかい？」

キタローはこれ迄の伊耶奈の言動を思い返した。

そして、その根底にあるであろう彼女の本心について考えた時、胸が締め付けられる様に痛んだ。

見なかった事になど到底《とうてい》出来ない。

答えなら、最初から決まっていたのだ。

彼は静かに前を見据《みす》えて呟く。

「……行きましょう」

その後は無駄口《むだぐち》は利《き》かずに、二人は落ち葉に埋《う》もれ掛けた足跡を見失わぬ様、只々《ただただ》先を急いだ。

すると何時《いつ》の間《ま》にか、聞こえてきていた水音が徐々に大きくなっている事に気付く。

どうやらかなり目的地に近付いている様だ。

（という事は、そろそろ……）

そのキタローの想像通り、やがて前方がぼんやりと明るくなってきた。

蝋燭《ろうそく》か何かの灯《あか》りだろう。

つまり、そこに村の人々が集まっているという事だ。

白兎も当然、その事に気付く。

彼女は懐中電灯を消すと立ち止まって、木陰《こかげ》に身を潜《ひそ》める様に屈《かが》み、キタローにも細心の注意を払《はら》う様に促《うなが》した。

そしてそろりそろりと闇と川音に紛《まぎ》れ、灯りの元に居るであろう人々に気付かれぬ様に二人は接近していく。

そうして見えてきたのは、やはり人だかり。

その中央には質素な造りの、神社の拝殿《はいでん》らしきものが建っていた。

それを見たキタローは思う。

「まるでこれは、箱じゃないか……」と。

囁《ささや》く様な声で、白兎が訊ねてくる。

「聞こえるかい？」

その言葉に耳を澄《す》ませば、祝詞《のりと》の様なものが聞こえてくる事にキタローも気付いた。

(間違い無い。きっとあの中で儀式が……)

彼女は続ける。

「どうやらまだ、儀式は始まったばかりの様だ」

「……それは良かったですけど、ここからどうやって中の二人を助け出すんですか？」

すっかり怖《お》じ気付《けづ》いていたキタローは、尚も情けない声で続けた。

「やっぱり通報だけにしときません？」

だが、白兎はその提案にウンとは頷《うなず》かない。

「口裏を合わされたら終わりだ。それにこの風習だって大昔から今の今迄《いままで》繰《く》り返されているんだ。奴等《やつら》にはそういった危機を切り抜ける術《すべ》があるって事さ。或いは警察にだってこの村の関係者が居たりと、力が及《およ》んでいるのかもしれない」

「そんな大事なら、僕等にだって止められませんよ……」

「……いいや、ボクとキタローが力を合わせればそれが出来る。今回はそういう類《たぐ》いの事件だよ」

白兎が態々そう言うという事は、自分達の特異な力が必要な場面だということなのであろう。

キタローは渋々《しぶしぶ》ではあったが、納得した。

「……分かりましたよ」

「それで結局」と、彼は話題を元に戻《もど》す。

「どうやって中の二人を？」

「うーん」と悩《なや》む素振《そぶ》りを見せてから、白兎はこう言い放った。

「もう正面から行くしかないだろうね。これだけ厳重に周囲に人が配されてしまったら」

「はあ？」

キタローは耳を疑う。

「あの人だかりの中を、正面からって正気ですか⁉」

「正気だよ」

「あの人達が僕等に手出し出来ない様な、何かの作戦とか切り札があるとか？」

「無いよ」

「な、ならスマホで動画を撮影《さつえい》して、それをネットの動画投稿《とうこう》サイトに上げ乍ら行くとかは？　そうしたら十分、抑止力《よくしりょく》になるんじゃないですか？」

これならばイケると確信したキタローのこの案は、即座《そくざ》に却下《きゃっか》された。

「……キタロー、君のスマホには電波が入っているのかい？」

「あっ」

言われて確認《かくにん》し、圏外《けんがい》になっている事に初めて気付く。

「そうそう都合良くはいかないか。……マジで正面から行くしかないんですか？」

「うん。でも危なくなったら何とかしてくれるんだろう？　……キタローが」

「勝手な事を……」

これだから嫌《いや》なのだ。

心底そう思い乍らも、言い出したら聞かない白兎の性格を熟知していたキタローは、ついにその覚悟を決めた。

「……行くならさっさと行きますよ」

「そうこなくっちゃあね。それでこそ我《わ》が郷土史研究部イチ、期待の後輩《こうはい》だ」

「僕《ぼく》しか後輩居ませんからね」

「ふふ」と、白兎は失笑《しっしょう》する。

「相手に考える時間を与《あた》えたくない。サッと行ってパッと中に入るよ」

そう言ってからの、白兎の行動は早かった。

落ち葉を踏み崩《くず》す音に毛程《ほど》の気も留《と》めず、大きな歩幅《ほはば》とトレッキングにでも訪《おとず》れたかの様な軽《かろ》やかな足取りで、臆《おく》する事無く人だかりへと向かって行ったのだ。

キタローも彼女の直ぐ斜《なな》め後《うし》ろに、ピッタリと付いていく。

当然、村人達《たち》は直ぐにこの異常事態に気付いた。

蝋燭のか細い灯りを、まるで獣の様に反射吸収してギラギラと輝《かがや》く無数の目が、一斉《いっせい》に二人へと向けられる。

だが、元よりこの祭りの参加者であるかの様なその堂々とした白兎達の態度に皆唖然《みなあぜん》とした表情を浮《う》かべ、目には戸惑いの色を覗《のぞ》かせていた。

止まる気配の無い、二人の歩み。

ついに人垣《ひとがき》の合間へと白兎らが踏み込むと、その異様な迫力《はくりょく》と雰囲気《ふんいき》に後退りする者すら現れ出す始末。

――しかし、そう易々《やすやす》とこのまま拝殿へ迄辿《までたど》り着《つ》ける訳が無かった。

「……なんでこんな所に余所もんが？」

「森屋んとこに泊まっとぉ餓鬼共だ」

「おい誰《だれ》か呼んだか？」

「呼ぶ訳無かろぉが！」

「何やってんだ森屋の爺《じい》さんは⁉」

「儀式に混ぜちゃいけねぇよな？」

「でももう集まりが見られちまったぞ」

「不味《まず》いんじゃねぇのかこれ」

「こんな時期に来る客なんぞ、森屋のジジイがさっさと勝手に断っちまえばよかったもんをよぉ！」

「それよりも油神さんだろ！　あの人がプレオープンだなんだ言い出さなきゃよかった話じゃねえのか⁉」

「だから俺《おれ》は最初から受け入れるべきじゃなかったっつったんだよ！」

「どうすんだ⁉」

「こんなこたぁ儂《わし》が知る限り一度も無かったから分かんねぇ」

「んな事言ったって見られたらイカンだろが！　只じゃ帰せねぇだろぉよ⁉」

徐々に騒然《そうぜん》となる人々。

やがて一人の男が叫んだ。

「おい誰かそいつら止めろ‼」


――ギロリ。


目の色を変えた村人達。

その中でも屈強《くっきょう》そうな男達が白兎達へと襲い掛《か》かる。

「おらぁっ‼」

「大人しくしろぉっ！」

だがそんな制止の言葉には従わず、二人は拝殿へと駆《か》け出した。

（ここ迄来《まで》たらもう、ゴリ押してやる！）

キタローは白兎より前に出ると、露払《つゆはら》いする様に、伸びてくる村の男達の太く筋肉質な腕を払い除《の》けて我武者羅《がむしゃら》に道を開く。

「小賢《こざか》しい餓鬼めがっ！」

「ちょこまかすんじゃねぇっ‼」

なんとか捕《つか》まる事無く、二人は中央の拝殿《はいでん》迄もう数メートルという所に迄来ていた。

しかし、村人達も簡単には諦めない。

「壁作れ‼」

「中へ入れるな‼」

後一歩という所で目の前に男達の壁が作られ、拝殿の出入口を完全に隙間《すきま》無く塞《ふさ》がれてしまったのだ。

更《さら》には二人を取り囲む様に集まった村人達が、ジリジリとその距離を詰《つ》めて来ていた。

「不味いっすね」

キタローも思わずそう呟く。

それから白兎にアドバイスを求めた。

「どうしたらいいですか？」

「このまま真《ま》っ直《す》ぐ」

（つまり変わらずゴリ押しですね分かります）

そう言われたなら仕方無いと意を決し、キタローが地面を後ろへと蹴り飛ばす。

「うおおお！」

果敢《かかん》にも真正面から男達の間へと突っ込み、白兎が通れるだけの空間を確保する為《ため》に腕を突っ張《ば》った。

抵抗する男達の伸《の》ばした指が目に掛かる痛みにも耐《た》え、キタローは叫《さけ》ぶ。

「先輩《せんぱい》っ⁉」

「ああ！」

身を屈め、なるべく小さく低い姿勢を保ち乍ら、白兎がキタローの作った隙間を潜《くぐ》り抜けた。

そして「バン！」と、勢いよく拝殿の格子戸《こうしど》を開け放つ。

外から流れ込んだ空気に、室内で灯《とも》っていた蝋燭の火が揺《ゆ》らめいた。

「神聖な場でなんですかっ⁉」

一番奥の剣《けん》が飾《かざ》られた祭壇《さいだん》で祝詞を上げていた御崎神社の宮司《ぐうじ》が、怒鳴《どな》り乍ら振り返る。

宮司だけではない。

そこには油神や、森屋の女将《おかみ》も居た。

その手にはそれぞれ寄木細工の箱。

他にも後二人、箱を手にした老婆《ろうば》と老人が居り、中央には白装束に身を包んだ伊耶也が。

そして隅《すみ》の方には伊耶奈も居た。

この場に居た全員の、驚きに剥かれた目が出入口へと向けられる。

「さっきから騒々《そうぞう》しいぞ！　何事だ⁉」

振り返り乍らそう叫んだ油神は白兎の顔を確認した途端《とたん》、その表情を鬼《おに》の様な形相へと変えた。

「お前はぁ……なんでこんなとこに居やがんだ⁉」

男達の腕を振り解《ほど》き、遅《おく》れてキタローも拝殿の中へと踏《ふ》み込んだ。

油神は更に激昂《げきこう》する。

「お、お前等《ら》ぁっ……なんちゅう事をしでかしやがってからにぃ⁉　こんクッソ餓鬼等《がきら》ぁっ‼」

それから森屋の女将に向き直って怒鳴り付けた。

「アンタんとこの旦那《だんな》がコイツ等ぁ見張ってたんじゃなかったのか⁉」

すると女将はキタロー達を睨《にら》み付け、油神の言葉には答えずヒステリックな声で怒鳴る。

「ウチの人はどうしたんですかぁっ⁉」

我慢《がまん》出来ずにキタローも、有《あ》りっ丈《たけ》の怒りを込めて叫び返した。

「ちゃんときつく縛り上げておきましたよ！　こっちは殺され掛けましたからね！」

「アンタらぁぁ……ウチの人にぃぃぃ……！　大人しく死ねばよかったのにぃぃぃっ！

キィイイィッ!!」

今にも襲い掛かって来んばかりの勢いで女将は額に幾本もの青筋を浮き立たせ、金切り声を上げた。

彼女だけでは無い。

ゆらめく蝋燭の火に浮かび上がる顔は、どれも鬼の様な形相。

薄暗《うすぐら》い拝殿内に木霊《こだま》する、興奮から荒《あら》くなった幾つもの息遣《いきづか》い。

まるで火薬庫の中の様な噎《む》せ返る程のキナ臭《くさ》さの充満《じゅうまん》した、一触即発《いっしょくそくはつ》の危険を孕《はら》んだ緊《きん》迫《ぱく》感と様々な思惑《おもわく》の交錯《こうさく》した異様な空間。

どんな小さな火種でも——いや、火種等無くても暴発する可能性が有り得た。

油神も「フーッ、フーッ」と、興奮した獣の様な荒い呼吸をしている。

だが、それをなんとか落ち着ける様に二、三回深呼吸をすると、有無《うむ》を言わさぬ迫力の籠《こも》った低い声で彼《かれ》はこう言った。

「これは部外者が参加する事の出来ない、この隠《かく》れキリシタンの郷に伝わる秘祭だ。そして態々説明もしなかったが、この場所も禁足地だ」

今にも再び爆発《ばくはつ》しそうな怒りを滲《にじ》ませ、尚《なお》も一方的に続ける。

「お前らが間違《まちが》えてここへ入って来たって事で、今回だけは特別に無かった事にしてやる事もやぶさかではない。その代わりここで見た事も、森屋のご主人にやられた事も他言無用だ」

「……先輩」

キタローは怯《おび》えた様子で、白兎へと声を掛けた。

やはりこれ以上大変な事になる前に、引くべきだと彼は伝えたかったのだ。

だが、白兎は何も答えない。

このやり取りから、目敏《めざと》くキタローの方に付け入る隙《すき》があると判断した油神が、更に強い言葉を重ねていく。

「始まった祭りを中断する事は何よりも禁忌《きんき》とされている。お前達に構っている暇《ひま》は無い。今直ぐにここを出て山を降りろ。そうすれば見逃《みのが》してやると温情を掛けてやっているのだ。……つまりそうしなければどうなるか、馬鹿《ばか》じゃあない限り分かるだろう？　飲め。お前達に拒否権《きょひけん》は無い」

そんな最大限譲歩《じょうほ》された申し出を白兎は――。

「ふっ」と、軽く鼻で笑い飛ばした。

微《かす》かにだが、折角和《せっかくやわ》らぎ掛けていた場の空気が、再びピリと肌《はだ》に痛みが走る程《ほど》張り詰めていく。

「隠れキリシタンの郷に伝わる秘祭……ですか」

「ああ……」

そう答えた油神の声には、明らかにこれ迄以上の苛立ちが混じっていた。

構わず白兎は続ける。

「本当に？」

「……お前が何を勘違《かんちが》いしているのかは知らんが、それが全《すべ》てだ」

「これから話す事は、ボクの想像でしかないけれど」

そう前置きをし、白兎はとんでもない事を話し始めた。

「伊耶也さんの体を切り刻んで川に流す事が、どうキリストの教義に繋《つな》がるんです？」

「ハッ」と、大勢の人間が息を飲んだ。

「あちゃー」とでも言いた気に、キタローは片手で顔を覆《おお》う。

（おいおいおい……。相変わらずというか、いきなり凄《すご》い所から話し出すなこの人は……。もっと様子を見ようとか考えないのかよ……。まあこの人に限っては、それを期待しちゃあいけないいか）

空気何ぞ微塵《みじん》も読まずに、尚も白兎は続けた。

「だってそんな描写《びょうしゃ》、聖書には無いですからね。それにあなた方には隠れキリシタンとしての、詳しい信仰《しんこう》の方法が伝わっていない筈では？　先程の油神さんの発言は、明らかにこれ迄のものとは矛盾《むじゅん》していますよ」

　これに油神が言い返す。

「よ、余所者《よそもの》に教える訳にはいかなかったってだけだ！　それに本家の聖書に無い事でも、長い年月の中で変わる事だってあるだろうが！」

「……成程。確かに信仰の方法が独自の変化を遂《と》げて、本来あるべき姿から遠ざかっていった例は長崎《ながさき》なんかの隠れキリシタンの一部にも見受けられますよね」

「そ、そういう事だ！　それに俺達《おれたち》が伊耶也を切り刻むだと!?　何故そんな事をせにゃあならん！　何処《どこ》から出てきた話だ!?　証拠はあるのか!?　おう!?」

「証拠なら直ぐ近くにあるじゃないですか」

「何!?」

「だってこの村に伝わっている箱の中には、この儀式で切り取られた頭、手、足の一部がそれぞれ入っているでしょう？」

「なっ!?」

　油神は反射的に神主《かんぬし》や森屋の女将を始めとした、箱を持つ者達の顔を睨む様に見渡した。

「油神さんの箱には歯が、森屋の家のものには手の指が。そして残りもやはり、手足の指

でしょう?」

「何故それを知っている⁉」

「勘《かん》の鈍い者でもなければ、外法箱《げほうばこ》の亜種《あしゅ》だと気付きますよ。ここは武田信玄《たけだしんげん》の治めた地、甲斐《かい》だ。かの有名なくノ一である望月千代女《もちづきちよじょ》が育て上げた戦国の世の女スパイ集団、歩き巫女《みこ》は外法箱を持って旅をしていた訳だし、この村にその製法が伝わったのもきっとそういった所からではないかと簡単に考え至る事が出来る。迂闊《うかつ》でしたね」

「チッ」と、油神が舌打ちをする音が響《ひび》く。

これを聞いていたキタローも気が気では無かった。

やはりあの箱はコトリバコの様な呪物だったのだ。

白兎が助言でもする様に続ける。

「それに観光客へのサービスだとしてもあれは止めた方がいい。人によっては触《ふ》れるだけで、十分に障《さわ》る可能性がありますからね」

本当に触《さわ》らなくて良かったと、キタローは胸を撫《な》で下《お》ろすのだった。

油神が苦々しそうに吐き捨てる。

「……ハッ、よく気付いたな」

「それだけじゃありません。その箱を作った理由だって分かりますよ? ……ボク等の様に伊沢村に仇《あだ》なす者が現れた場合、祟《たた》り殺す為に作ったんだ。違いますか？」

「……さあな」

「けれどそんな祟りを起こす事を目的に作られた箱も、所詮《しょせん》副産物でしかない」

「て、てめぇ⁉　一体何処迄《どこまで》知ってやがる⁉」

動揺《どうよう》を悟《さと》られまいとしているのか、興奮した様子で油神はそう凄んだ。

それにも構わず、白兎は少し考えてから惚《とぼ》けた口調でこう答えた。

「……全部？」

「伊耶也！　伊耶奈⁉　お前らが話しやがったのかっ⁉」

額に青筋を立てた油神から責められる様に名を呼ばれ、二人は「ビクッ」と肩《かた》を跳《は》ね上げる。

しかし直ぐに伊耶奈が怯え切った顔で言い返した。

「い、言ってない‼」

伊耶也も必死で訴《うった》え掛ける。

「妹も俺も、村を裏切る様な事はしていないっ！　本当にっ！　信じて下さい‼」

だが、油神はそう簡単には信じない。

「嘘《うそ》を吐くんじゃねぇ！　お前達の家からこの余所もん共が出てくる所を見たって話もこ

っちの耳には入ってんだよっ！　どうせお前らが助けを求める為にでも呼んだんだろうがよぉっ!?」

「本当に違います！　確かにそこに居る彼らは家を訪ねてきましたが、俺や妹が呼んだ訳じゃない！　勿論《もちろん》村の秘密だって言ってない！　本当なんですっ！　信じて下さいっ！」

　ここで白兎が、助け船を出す様に言った。

「ええ、彼らは確かに何も、ボク等には語りませんでした」

「そんな馬鹿な!?」と、油神は伊耶也達を睨み付ける。

それから忙《せわ》しそうに白兎の方へ向き直り、「嘘は通じんぞ!?」と脅《おど》しを掛けた。

白兎が答える。

「いいえ本当です。……というか、話を訊《き》く迄も無かったんですよ。それに気付く為のヒントなら、村中にちりばめられていましたから」

「はあ?」

「この儀式が福の神を招く為のものだって事も」

「――ッ!?」

油神を含めた、この場に居る者達の表情が大きく歪《ゆが》んだ。

その中には当然キタローも含まれる。

（福の神だって……⁉　こんな血生臭《ちなまぐさ》い儀式が、福の神と何か関係あるのか⁉）

その時だ。

「パチ、パチ、パチ」と場違《ばちが》いな拍手《はくしゅ》の音が響く。

見れば油神が立ち上がり、不敵な笑《え》みを浮かべて手を打ち鳴らしていた。

第四話　コーラス

【魔《ま》、祓《はら》う魔】

「……お前という小娘《こむすめ》がどういう人間かよく分かったよ。面白《おもしろ》い推理ごっこだった……だが、その話を外で喧伝《けんでん》される訳にはいかない。たとえそれが妄想《もうそう》だとしてもだ！」

そう言って凄む油神《ゆがみ》。

だが、白兎《しろう》は一歩も引かない。

「直ちに儀式を止め、伊耶也《いざや》さん達を解放するのならボクは何も言いませんよ」

「ハッハッハ！」

そう笑い飛ばしてから油神は続ける。

「信じられるか！　お前達、もはや生かしては帰さんぞ……」

「箱でも使って口封《くちふう》じでもしますか？　……まあ、あれは発動迄に時間が掛かるだろうし、しっかりとした効力を発揮させる為にはそれなりの面倒《めんどう》な手順も必要だ。それになにより、ボク等にはどうせ効かないんだけど」

（ボク等って……。先輩に効かなくても、僕には効くんですがそれは……）

キタローはそう思ったが、そのハッタリに乗って黙《だま》った。

しかし、何方《どちら》にせよ油神にそんな甘《あま》い考えは通用しない。

「甘いんだよ生徒さん。この期《ご》に及んで俺がそんなまどろっこしい真似《まね》をすると思うのか？　……少し早いが準備に掛かれ！」

その言葉を皮切りに、拝殿内に居た者達が立ち上がった。

そしてそれぞれが壁《かべ》の方へと歩み寄る。

その行動の意味する所に気付いたキタローの顔が一気に青褪《あおざ》めた。

これ迄暗くて気付かなかったが、壁には鋸《のこぎり》や鉈《なた》、ペンチや出刃《でば》包丁等々人体の切断に使うのであろう凶器《きょうき》の数々が掛けられていたのだ。

徐《おもむろ》にそれ等を手に取る、油神を含めた箱を継《つ》ぐ家の者達。

宮司も祭祀《さいし》用の剣の柄《つか》を、強く握《にぎ》り締《し》めている。

拝殿の出入口近辺には分厚い人だかり。

もはや逃《に》げ場《ば》等無かった。

キタローが何かを確認するかの様に、白兎の方を向いて呼んだ。

「先輩っ⁉」

すると彼女《かのじょ》は瞳《ひとみ》に怪《あや》し気《げ》な光を宿し乍《なが》ら、意味深長にこう呟《つぶや》いた。

「……丁度今、我慢出来ずに現れたよ。ドロドロと悍ましい『モノ』が、油神さんの中からね」

――稲葉《いなば》白兎には生まれ付き、人為《な》らざる『モノ』を見る事が出来るという特異な力が備わっている。

そんな彼女は今、目《ま》の当《あ》たりにしていた。

油神の全身から溢《あふ》れる様に、怨霊《おんりょう》となった彼の祖先が幾人《いくにん》も幾人も、ズルズルと朽《く》ち掛《か》けの最も醜《みにく》い瞬間《しゅんかん》の体をガクガクと怒《いか》りに打《う》ち震《ふる》えさせ乍ら、早送りで植物が生えてくるかの様に現れるという狂気《きょうき》に満ちた光景を――。

しかもそのどれもがブツブツと口々に呪詛《じゅそ》を吐《は》き乍ら、怨嗟《えんさ》に満ちた醜く恐《おそ》ろしい形相を浮かべている。

こういった状況《じょうきょう》に慣れていた白兎ではあったが、その醜悪《しゅうあく》さには流石《さすが》にたじろがずにはいられなかった。

「これは中々……頑固《がんこ》そうだな……」

そう独り言を漏《も》らしてから、彼女はキタローに告げる。

「一筋縄《ひとすじなわ》じゃいかなそうだ……。悪いけど時間稼《かせ》ぎを頼《たの》むよキタロー」

口元を歪め、キタローはこう言葉を返した。

「分かりました……」

瞼《まぶた》を閉じ、何やらぶつぶつと口元を動かし始めた白兎を庇《かば》う様に、キタローは油神達《たち》が得物を構え、切っ先を向ける先へと自ら歩み出て挑発《ちょうはつ》する。

「面倒なんで、来るならさっさと来てくれますか？」

この言葉を皮切りに森屋の女将が主人の仇でも討《う》つかの様、出刃包丁を両手に握り締めてこちらに向かい突進《とっしん》してきた。

「死ねぇえええぇっ!!」

しかし、キタローは包丁を峰《みね》から掴《つか》むと難無く取り上げ、女将を壁に迄突《までつ》き飛《と》ばす。

「うっ!?」

その余りの衝撃《しょうげき》と痛みに、身を小さく丸めて転がる女将。

キタローは奪《うば》い取《と》った包丁を頭上へ思い切り放り、天井《てんじょう》へと深く突《つ》き刺《さ》した。

この異常な強さを前に、アイコンタクトで示し合わせた鉈を持った男と、鋸を持った男が今度は一斉にキタローへと襲《おそ》い掛かった。

だが彼はそれすらも器用に躱《かわ》し、その得物を持った手を力付くで捩《ね》じ上げる。

「ゴトン！」と音を立て、二人の手からは刃物《はもの》が落ちた。

それからキタローは、やはりこの二人も壁へと思い切り突き飛ばす。

「がはっ⁉」

「ぬあっ‼」

そうしてから鉈は簡単には抜《ぬ》けない様に床《ゆか》へと突き立て、鋸は刃《は》を踏んで根元から「バキリ」と折った。

次々と無力化されてしまった刺客達《しかくたち》。

「貸せっ！」

見ていられないとばかりに油神はそう言うと宮司から剣を奪い、キタローへその切っ先を向けた。

「調子に乗るなよ小僧《こぞう》！」

「……一番厄介《やっかい》なのが残っちゃったな」

前述した通り、白兎だけではなくキタローにもとある荒事《あらごと》に向いた特殊《とくしゅ》な力が備わっていた。

拝殿へと侵入《しんにゅう》する際に屈強な男達の真ん中を押《お》し通った事といい今といい、高校一年生男子の平均的身長とそれ以下の体重しか無い彼に何故《なぜ》、この様な怪力《かいりき》が出せるのか？

　筋肉だけでは有り得ない、そんな力が。

――実はキタローにはその仇名《あだな》にも偶然《ぐうぜん》ある様に、「鬼」の血が流れていたのだ。

　そこから得られた単純な怪力とは違《ちが》う、とある特殊な力。

　キタロー本人がこの力に気付いたのは割と最近の事で、郷土史研に入り白兎と初めてフィールドワークを行った、彼の母方の田舎《いなか》で起こった事件が切っ掛けである。

　そんな力をこういった荒事に利用する為に、白兎はキタローを連れ回しているという側面も大きかった。

（本当に皮肉なものだよな。僕の中に流れる呪《のろ》われた鬼畜生《おにちくしょう》の血が無ければ、こういう場面は切り抜けられないんだから。そして、先輩も……）

　そんな事を考え、自嘲《じちょう》気味に笑ったキタロー。

　対照的に、これでもかという位の怒りに満ちた表情の油神が、確実に村の仇敵《きゅうてき》を仕留めようと、迷わずキタローの心臓に向かって剣で突きを繰り出《だ》した。

　だがキタローはそれをギリギリの所で回避《かいひ》し、油神の手首をガッチリと両手で掴む。

　そしてこれ迄の様に腕《うで》を捩《ねじ》り上げ、凶器を奪おうとしたのだが――。

「ぐっ⁉」

どうして憑《つ》かれた人間というのは、こうも馬鹿力《ばかぢから》なのだろうか。

この時油神は、本気を出したキタローですら動きを止めるだけで精一杯《せいいっぱい》な程《ほど》の力を絞《しぼ》り出していたのだ。

「グゥルルルゥッ！」

白目を剥《む》き、口からはダラダラと涎《よだれ》を垂らし、自身が人である事すら忘れ、野犬か何かの様な唸《うな》り声《ごえ》を上げる油神。

このまま膠着状態《こうちやく》が続くかと思われたが、キタローの方が消耗《しょうもう》は激しかった。

（ヤバイ……もう手の力が……ッ！　先輩……まだかよ……？）

「先輩っ！　何をもたついてるんですかっ⁉　早くっ？」

「……プ……パン……ル……ップン……ごめんもう少し……ルピ……」

そう返事をしつつ、白兎は再びぶつぶつとやり出す。

彼女が全力を出す為に必要な、ルーティーン――或《ある》いは儀式《ぎしき》の様なこの行為《こうい》。

祝詞《のりと》か呪文《じゅもん》か、将又《はたまた》それ以外の何かか。

一連の決まった文言を三回程丁寧《ていねい》にゆっくりと繰り返していた。

遥《はる》か昔より我々日本人は柏手《かしわで》を打って大気を震わせる事で、目には見えない存在とコンタクトを取ろうとしてきた歴史がある。

白兎が今繰り返し唱えている言葉も破裂音《はれつおん》である半濁音《はんだくおん》を多用している事から、そういった理由があるのだろうとキタローにも推測出来た。

それにもしそうで無いにしろ、彼女にはこれが精神の集中であったり潜在的《せんざいてき》な力を引き出すのに必要な行為であるという事も、彼は重々承知している。

けれどこういう差《さ》し迫《せま》った場面でそれが行われる度、もっと早口で終わらせる事は出来ないものかとも切実に思っていた。

ついに限界が訪れたキタローは弱音を吐く。

「先輩、僕、もう……ッ！」

「よくやった！」

暗闇《くらやみ》の中にあって、浮かぶ様に不気味に輝く銀色掛かった白い髪《かみ》。

厳しく細めた目の奥《おく》で、妖《あや》しく光る血の様に真っ赤な瞳。

誰にも見えない筈《はず》なのに、皆《みな》が肌にビリビリと、油神が纏《まと》っていた「モノ」以上に凶《きょ》悪《うあく》で邪悪《じゃあく》な「ナニカ」の気配を白兎の方からも感じ取っていた。

これこそ彼女が、本気で自身の力を引き出す為に必要な姿。

特に霊的《れいてき》な力を宿し、無意識の内に放ってしまう体の部位である髪と瞳。

それが全力の力を出す時はこうして、アルビノ兎《うさぎ》の様に変色してしまうのである。

ズズッ……ズルッ、ズルルッ……。

白兎以外の者には決して見る事の出来ない、しかし確実にこの場に存在している不気味な気配。

まるで何匹《なんびき》もの大蛇《だいじゃ》が付近を這《は》いずる様な気持ちの悪い空気の微細《びさい》な振動《しんどう》に、キタローは思わずゾクリと総毛立った。

「うぅ……」

彼女がこの力を使う度に覚える不快な感覚には、何時迄《までた》経っても慣れない。

それ所か油断すると、キタローすらもその毒気に当てられて吐いてしまいそうになる程であった。

こうして異様な姿へと変貌《へんぼう》を遂げた白兎は、右腕《みぎうで》を自身の左肩《ひだりかた》の方へと巻く様に溜《た》めた後、一気に油神の頭上へと薙《な》ぎ払《はら》う。

ぶわっ！

鳥肌《とりはだ》が立つ程の寒気をその場に居た全員が覚えた次の瞬間、油神は嘘の様に脱力《だつりょく》して糸を切られた操《あやつ》り人形《にんぎょう》が如く剣と共にその場に膝《ひざ》から崩れ落ちた。

そしてか細い声で、抜け抜けとこんな言葉を吐く。

「何故《なぜ》俺《おれ》は……こんな恐ろしい事を……？」

こういった場面に慣れていた白兎はその態度の変わり様に言及《げんきゅう》する事無く、機械的に説明した。

「あなたはこの村に偏執《へんしゅう》した祖霊達《それいたち》の集合体とも呼べる『モノ』に、たった今迄取《と》り憑《つ》かれていたんですよ」

ポカンとした様子で、油神は訊《たず》ねる。

「俺が……霊に？　それも、祖先の……だと？」

「こんな儀式を続けてきた魂《たましい》が、まともに成仏《じょうぶつ》なんて出来る訳がないんですよ。次第《しだい》に濃《こ》く強く、執着ばかりが凝《こ》り固《かた》まって受け継がれてしまったんでしょう」

その白兎の説明に、油神は後悔《こうかい》の言葉を溢《こぼ》した。

「……なら俺は、その霊に乗せられて、こんな酷《ひど》い事をしてしまったのか……こんな……惨《むご》い事を――」

「いいや違う」

即座《そくざ》に白兎の口から飛び出した、否定の言葉。

それはより厳しさを増して続く。

「確かに油神さんにはそういう『モノ』が取り憑いていた。でもそれを取り憑かせたのは……そういう隙を生んだのは間違いなくあなたが本質的に持っていた邪《よこしま》な心だ。しらばっくれて罪から逃《のが》れ様《よう》としたって無駄《むだ》ですよ」

図星だったのだろう。

油神は一瞬《いっしゅん》怒りに顔を歪めた後、直ぐに居心地《いごこち》悪そうに顔を伏《ふ》せた。

それから直ぐ開き直った様に顔を上げ、白兎とキタローを交互《こうご》に睨み付けてから恨《うら》み言《ごと》を吐きつける。

「クソ餓鬼《がき》共が村に災《わざわ》いをもたらしおってぇ……。そもそも村興《むらおこ》しはこの祭りの後にする筈だったというのに、予定が狂《くる》ったのは全て貴様らの所為《せい》だ！　くそう！　畜生《ちくしょう》めっ！　計画が台無しだ！　畜生ぉっ！」

そんな彼を蔑《さげす》む様な目で見下ろし乍ら、白兎は告げた。

「残念でしたね」

彼女は尚も淡々《たんたん》と続ける。

「さっきも言った通り、祟りをもたらす箱は所詮副産物でしかなかった。そして本来の目的である福の神を招く為、本当に必要だったのは伊耶也さんの体の方だったんだ。蛭子《ひるこ》に見立てた不完全な人の形を模《かたど》る為に、手足を切り取られたね」

「はいぃっ⁉」

つい、キタローの口からはそんな間抜《まぬ》けな声が漏れた。

何故《なぜ》突然蛭子という単語が出てきたのか、彼にはさっぱり理解出来ない。

これ迄がそうであった様、彼女はまたキタローに重要な部分を黙っていたのだ。

白兎はこちらを一瞥《いちべつ》し、一瞬《いっしゅん》、薄《うす》ら寒《さむ》くなる様な笑みを浮《う》かべてから続ける。

「伊耶也さんの伊耶は、伊耶那岐《いざなぎ》と伊耶那美《いざなみ》の伊耶から来ているんだろう。そしてそんな神の子である伊耶也さんを、伊耶那美が最初に産んだ子供である蛭子の姿に則《のっと》って、歪《いびつ》なものとする為に四肢《しし》を切り取るって所かな」

「えっと、ちょっと待って下さい」

額の辺りを手で押さえ乍ら、混乱した様子でキタローが話を遮《さえぎ》った。

「……なんだいキタロー」

キタローはなんとか頭の中を整理し乍ら、こう訊ねる。

「伊耶那岐とか伊耶那美とか……それじゃあまるで隠れキリシタン所か、思いっ切り日本神話……神道《しんとう》から着想を得て出来上がった、土着信仰って感じじゃないですか⁉」

これに白兎はあっさりと、さも当然であるかの様に答えた。

「そうだよ。この人達もこの村も、隠れキリシタンなんかとは全くの無縁《むえん》だ」

「ええっ⁉」

「言うなればここは、キリスト教とその聖書を利用して富を得ようとした、呪われし人々の棲《す》まう村って所かな」

それを聞かされ、とんでもない場所に来てしまったものだと改めてキタローは気付かされる。


【血塗《ちまみ》れの十字架《じゅうじか》】


白兎の口より、ついに明かされた驚愕《きょうがく》の事実。

キタローにとって、本日何度目になるか分からない驚《おどろ》きと後悔。

その中でも間違いなく、これは一番衝撃的《しょうげきてき》なものだった。

彼は質問を重ねる。

「丸太川の由来は分かりましたよ？　でも村の人達の苗字《みょうじ》は⁉　聖書に出てくる名前ばかりだったのはどう説明するんですか⁉」

「単なる偶然だろうね」

「村の形が十字なのも？」

「確かに十字ではあるけれど、それは十字架《じゅうじか》を模したものでは無いんだよ。箱を安置する為、簡略化した人体を模《かたど》って造られたんだろうさ」

「そういう事だったんですか⁉　でもなんで態々《わざわざ》、そんな事をする必要が？」

「普段《ふだん》は祟りが発動しない様、呪物としてでは無く、元の人としての形を取っていたって所じゃないかな。箱同士の距離《きょり》を物理的に離《はな》す事も、効果的で理に適《かな》っているしね」

「えぇぇぇ……。じゃあ、本当にこの村はキリストとは何も関係無かったんですか？」

「うん、どんどん故事付けられていったんだろうね。そしてそれが村興しに利用出来ると踏んだんだろう」

「そんな……」

「人間ってのは点と点があれば、そこに線を引きたくなるのが性分《しょうぶん》なんだ。君にだって心当たりはある筈だよ？」

「……あ」

田中《たなか》という何処《どこ》にでもある苗字を、無理矢理《むりやり》十字架と結び付けた昨日の事を、この時キタローは思い返していた。

（それであの時先輩は、あんな微妙《びみょう》というかあっさりした反応だったのか……）

今思えば神社があの位置なのも、単純に人が集まり易《やす》い村の中心だからとか、裏鬼門《きもん》だからとかそんな程度の意味しか無かったのかもしれない。

「確かにそうでした……。そっか、だから先輩は事ある毎《ごと》にそういう偶然や故事付けを見る度、皮肉だとか何かの因果だとかボソボソ言っていたんですね……」

「そういう事さ」

「あの……先輩。因《ちな》みにですけど、この事に何時《いつ》から気付いていたんですか？」

「強《し》いて言えば最初からかな。でも確信を持ったのは伊耶也さんと会った時だよ」

「伊耶也さんと？」

「ああ、だってアブラハムの手で殺されるのなら、息子《むすこ》のイサクじゃないと可笑《おか》しいんだ。なのにどういう訳かこの村では、イサクと読む名前の者ではなくて伊耶也さんが今回の犠《ぎ》牲者《せいしゃ》となるらしい。つまり、やはりキリストも聖書も関係無かったって事になる」

「そういう……」

「分かってくれたようだね。……そろそろ話を戻《もど》してもいいかな？」

「あ、そうでした！　でも一体なんで、伊耶也さんを蛭子《ひるこ》になんて見立てなきゃいけないんですか⁉」

「豊穣《ほうじょう》の祈《いの》りの為《ため》だろう」

「豊穣の？　それと蛭子がどう繋がるんですか？」

「まだ分からないのかい？　蛭子は産まれて直《す》ぐ、伊耶那美によって海へと流された。そして海からやって来て福をもたらす七福神。その中の恵比寿《えびす》様は伊耶那美に流された蛭子と同一視されているんだよ。だから蛭に子で『えびす』とも読める訳さ」

　キタローは神社にあった恵比寿像の事を思い出す。

「そうか、だから神社に石像が……。つまり人為的《じんいてき》に、福の神の一柱である恵比寿様を造っていたって事ですか⁉」

「ああ。御崎《みさき》という神社の名も、ミサ所かミシャグジ信仰を語源にしたものですら無く、単純に『身を裂《さ》く』という言葉から来ているのかもしれない。それなら剣《けん》をご神体として祭っていた事にも頷《うなず》けるしね」

「成程《なるほど》、それで説明が出来ますね。そしてその蛭子を流すのが丸太川って事か……」

「うん、けれど本流の方では無く、支流の方こそが儀式の為の、本来の丸太川だ」

「え？　支流って、確か農業用水池に繋がってるみたいな事を、喫茶店《きっさてん》の店長さんは言ってましたよね？　なんでそっちの方が本来の丸太川だって言い切れるんですか？」

「死体の栄養で肥えた呪われた土からは、さぞかしよく作物が実ったんだろう」

「それで豊穣をもたらすって——!? うぇえっ!」

「民宿で出された米が村のじゃなくて良かったー」と、キタローは心底思ったのだった。

「古事記の大宜都比売《オオゲツヒメ》や日本書紀の保食神《ウケモチノカミ》の様な、死体から食物が生まれるハイヌウェレ型の神話と同じ理屈《りくつ》だね」

(この人はよくも冷静に話を続けられるな……。下手したら人の死体を栄養源にした米を食わされてたかもしれないってのに……)

キタローは呆《あき》れを通《とお》り越《こ》して、ほんの少しだが白兎の逞《たくま》しさを尊敬すらしてしまう。

「だが、その豊穣の効果にも制限があると考えられている様だ。死体からの栄養なんて底が知れているしね。同時に箱の祟りも効果が薄まると考えられているんだろう。故に数十年に一度、定期的に新たな福の神を造り上げていた。その際に『余った』部位で、仇敵を討ち滅《ほろ》ぼす為の箱をも拵《こしら》えたんだ。本当に度《ど》し難《がた》い事だよ」

そんな恐ろしい行為を、この村の人達はどれだけの年月続けてきたのだろうか?

下手をすれば百年、二百年所の話では済まないのかもしれない。

それについてを考えた時、キタローは寒気を覚えずにはいられなかった。

白兎の話はまだまだ止まらない。

「そして豊穣の意味の解釈《かいしゃく》は、時が経《た》つに連れて本来持っていたものから次第に拡大していった。何時しかこの地に住む者にとって、恵《めぐ》みをもたらすもの全てをそう呼んだ。例えば村にお金を落としてくれる、旅行者とかね」

キタローは「ハッ」とある事に気付く。

「それで村興しのタイミングに合わせて、何十年に一回っていうこの祭りを⁉」

「そういう事だろう」

その返事で、キタローは確信した。

ネット上で真《まこと》しやかに囁《ささや》かれていた村興しの噂《うわさ》と、あの縦読みの書き込み。

つまり最初から白兎は当たりを付ける所か、むしろこうなる事迄《まで》想定してこの場所に来ていたのだと。

ボソリと彼《かれ》は一言溢した。

「……やられた」

だが、今更《いまさら》その事に気付いた所でもはやどうしようも無い。

そんな深部に迄、既《すで》にキタローも来てしまっていたのだ。

色々と諦《あきら》めつつ、尚《なお》も続く白兎の話に耳を傾《かたむ》けた。

「でも定期的に人身《ひとみ》御供《ごくう》を確保するのには、かなり難儀《なんぎ》しただろうね。だからその役目の為だけに、十分な食料と豪華《ごうか》な屋敷《やしき》を与《あた》えられ、その上に子々孫々と血脈が続いていく事を約束された家を設け、村の中心地で監視《かんし》し易い様、見張る様にして囲った」

「まさか、それって……」

そう言い乍ら、キタローはついそちらを見てしまう。

そこには泣きそうな表情で、悔《くや》しさや恐怖《きょうふ》、屈辱《くつじょく》感といった負の感情ばかりを滲《にじ》ませた伊耶奈《いさな》が、小さくなって歯を食《く》い縛《しば》っていた。

白兎が告げる。

「……そう、田中家の事だ。村に縛られた悲劇の血筋だよ」

ポロリと、伊耶奈の目から一粒《つぶ》の涙《なみだ》が零《こぼ》れ落ちた。

それに気付き乍らも、白兎は言葉を止めない。

「きっと代々二人以上の子を設ける様に義務付けられ、片方は人身御供に、片方は血を残す為に生かされたんだ。……まあ、生かされた方も子供を作ってさえしまえば用無しだし、結局は儀式に駆《か》り出される事もあったろうね。そしてそんな子供達には、伊耶という字が必ず名前に入れられたんだろう」

「でも待って下さい。そんなの逃げ出しちゃえばいいだけじゃないんですか？　幾《いく》ら監視されてるっていっても、何とか隙《すき》を見て村を出る事も出来たんじゃ……。それにこの村に学校は無いし、伊耶奈ちゃんは麓《ふもと》に迄通ってたんですよね？　だったら尚更《なおさら》――」

「家族を人質《ひとじち》に取られていたとしてもかい？」

「えっ」

キタローは思い出す。

伊耶奈達の家に、両親が居なかった事を。

「例えば親だ。その片方は役目によって殺され、一人しか残っていない親を、人質に取られていたんだとしたらどうだい？　キタローなら自分が助かる為に、見捨てる事が出来るかい？」

そう訊ねられたキタローは、手の甲《こう》に血管が浮き出る程《ほど》に強く拳《こぶし》を握り込む。

自分がその立場だったらと、置《お》き換《か》えて考える迄も無かった。

「そんな……もし、そんな事をしてるのなら、絶対に許せない……ッ！　そんなのって……！　クソッ！　最低の人間が……いや、人以下のクズのやる事だ!!」

「この村にはお誂《あつら》え向《む》きの大きなお屋敷が多いからね、座《ざ》敷牢《しきろう》があったって可笑しくはない位の。ああ、それに二階建ての大きな蔵《くら》もあったな。それとも地下牢《ちかろう》でもあるのかな」

挑発的《ちょうはつてき》な物言いと強く責める様な視線を、ぐるりと白兎も周りへと向ける。

すると目を逸《そ》らす者、怒りの目を向ける者、反応こそ様々であったが皆心当たりはある様だ。

白兎は最初に自身の妄想を話すといったが、こうなってみればまるで、今迄に一度たりとも責任の所在を追求される事の無かった油神と、盲目的《もうもくてき》にそれに従った村人達の弾劾《だんがい》裁判でも行っているかの様であった。

――と、ここでキタローは思い出した様に、こんな事を白兎へと訊ねる。

「あ、あの、先輩《せんぱい》。油神さん以外の人は……その……祓わなくていいんですか？」

「何故？」

そう不思議そうに返され、彼は口籠《くちごも》り乍らも言った。

「え、いや、だって何か憑いてるんじゃないんですか？　でなきゃ、こんな……」

「残念ながら彼等《かれら》は命令されてやっていただけさ。油神以外は誰《だれ》も憑かれていないよ」

「でも……」と、キタローは思う。

(あの僕等《ぼくら》に向けられた目は……じゃあ……)

紛《まご》う事無き本物の殺意。

悪い『モノ』に取り憑かれていた訳では無い、生きた人間から向けられた――。

ゾッと、急激な悪寒《おかん》がキタローを襲う。

何かに取り憑かれていた方が、まだマシだったのかもしれない。

今や彼はこの村の人間と、目を合わせる事すら憚《はばか》られる迄になっていた。

（でもこれで、全部終わったんだ……。血だって流れなかったんだし、これで良かったんだ……）

そう考え直し、漸《ようや》く一息吐くキタロー。

涙で顔をぐしょぐしょに濡《ぬ》らしていた伊耶奈も、安堵《あんど》したのか部屋の隅《すみ》から祭壇《さいだん》付近に座《すわ》り込んでいた伊耶也へと駆け寄《よ》る。

「お兄ちゃんっ！」

そしてそのまま彼に抱《だ》き付こうと手を広げ飛び込んだのだが――。

ドンッ！

「えっ」

彼女は突き飛ばされ、床に尻餅《しりもち》を搗《つ》いてしまった。

一体何が起こったのか。

その一部始終を見ていた周りの者達以上に、当の伊耶奈は混乱していた。

「お兄ちゃん……？」

全身に相当な力が籠《こも》っているのか、肩や拳をブルブルと震わせ、明らかに普通《ふつう》では無い状態の伊耶也。

彼がボソリと呟く。

「ふざっ……けるなよ……ッ」

今度は歯を剥き出しにし、獣宛《けものさなが》らの形相で叫《さけ》んだ。

「ふざっけんじゃねぇぞぉぉぉぉぉっ⁉」

その鬼気迫《ききせま》る様子に皆圧倒《みなあっとう》され、動けなくなってしまった。

伊耶也の心の奥底《おくそこ》から出てくるかの様な、その憎《にく》しみと怒りの籠った咆哮《ほうこう》は続く。

「お前等《ら》がどんなに後悔しようとッ！　どんなに償《つぐな》おうとッ！　命令されたからだろうが憑かれたからだろうがッ！　そんなの何にも関係無いんだよッ‼　俺《おれ》の父さんはもう帰っては来ないし！　俺や母さんや妹が味わってきた恐怖や悲しみや惨《みじ》めさや、同情や憐憫《れんびん》の目を向けられる腹立たしさや屈辱感ッ！　その全《すべ》ては絶対に消えないんだよぉッ⁉」

村の人間達は皆、その言葉に伊耶也から目を背《そむ》ける様に俯《うつむ》いた。

その通りだったのだ。

今度は打って変わり、弱々しい声で伊耶也が言う。

「未来永劫《みらいえいごう》消えないんだ……消せないんだよ……消させて堪《たま》るかよ……お前等はこれから永遠に、罪の意識に苛《さいな》まれて罰《ばつ》を受けて苦しむべきなんだよ……。俺の一族が受け続けた様に……。でなきゃ……でなきゃさぁ……」

ボロボロと、堰《せき》を切った様に彼の両目からは大粒《おおつぶ》の涙が溢れて零れ落ちた。

ここ迄追《までお》い詰《つ》めていたのだ。

人間という生き物が、同じ人間を。

「俺は許さない……何が起ころうと絶対にだ。それでもお前等は、許しを請《こ》い続けろ……。四六時中忘れずに許しを請い続けるんだ……」

そこ迄を言い終わると、伊耶也は自身の指を口に咥《くわ》え、ダラダラと涎を垂らし乍らしゃぶった。

余りの出来事の連続に彼は壊《こわ》れ、幼児退行でもしてしまったのだろうか？

その場に居た多くの者が、そう考えた。

しかし、そうでは無い。

そうでは無かったのだ。

突如《とつじょ》伊耶也が、目玉を落としそうな程に瞼を開く。

そして——！

「ンンンンンンンンーッ!!　フーッ、フーッ、フーッ!!　ンンンオオアアアアッ！　ングウウウイイイィギギッ!?　ンムンンンンンンッ!!」

そんな苦痛に満ち溢れた唸り声を上げ乍ら、咥えていた指に思い切り歯を立て出したのだ！

ゴリッ！　ゴリッ！　パキンッ！　ブチッ！


荒《あら》くなった息と唸り声に混じり聞こえてくる、不気味なその音。

何を思ったのか伊耶也は、自身の指を噛《か》み千切ってしまったのだ。

数本の指を無くし、歪な形になった血塗れの手を彼は開いて眺《なが》める。

そしてニタリと、真っ赤に汚《よご》れた口元を歪《ゆが》めた。

未《いま》だ伊耶也以外、全ての者が時でも止まってしまったかの様に動けない。

そして地獄《じごく》絵図の様なこの光景から目を離せずに傍観《ぼうかん》した。

強制的に何らかの力が働いているかの様に、只々《ただただ》この狂気の沙汰《さた》の続きを見せ付けられる。

そんな中、コロコロと何かがこちらへ迄《まで》転がり、足にぶつかって止まった。

「ヒッ」と情けない声が、キタローの喉《のど》の奥から発せられる。

見ればそれはなんと、伊耶也の血に塗《まみ》れた歯だった。

それ程迄《ほど》の力で、彼は自分の指を喰《く》い千切っていたのだ。

「あっ――」

今の今迄呆気《あっけ》に取られていたキタローであったが、この瞬間正気を取り戻す。

そして白兎の腕を掴むと、まるで神か仏にでも縋《すが》る様な震えた声で懇願《こんがん》した。

「せ、先輩！　伊耶也さんを助けて下さい！　先輩！　先輩っ⁉」

しかし何故か、反応は無い。

只々呆《ほう》けた様に、彼女は目を見開いたまま立《た》ち尽《つ》くしているだけである。

「先輩⁉　どうしたんですか⁉　聞こえてますか⁉　早く伊耶也さんに取り憑いている悪い『モノ』を祓《はら》ってあげて下さいよ⁉　あのままじゃ本当に大変な事に‼」

やはり返事はない。

それもその筈、この時彼女は思い出してしまっていたのだ。

幼い頃《ころ》に聞き、今でも耳に染《し》み付《つ》いて離れない悍《おぞ》ましい音を――。

だがキタローの必死の呼《よ》び掛《か》けが実り、ついに白兎は正気を取り戻す。

「――先輩っ‼」

「あ、ああ……聞こえているよ」

「なら早く、伊耶也さんを止めて下さい！」

「……どうやって？」

「どうやってって、何を悠長《ゆうちょう》な事を言ってるんですか⁉　伊耶也さんに取り憑いてる『モノ』を祓ってに決まってるでしょ⁉」

そう言ったキタローは、この後耳を疑う様な言葉を聞く。

「……何も憑いていないんだよ」

「……え」

少なからず動揺《どうよう》し乍らも、それを努めて顔に出さぬ様に白兎はその先を続けた。

「何も憑いていないものを、どうやって祓えというんだい？　信じられない事だけど、あれは伊耶也さんが自分の意思でやっているんだよ……。さっきも言ったけど、憑かれていたのは油神さんだけだ」

「そんな……嘘《うそ》だ……」

人はどれだけ怒り、どれだけ憎めば、自分自身の指をすら噛み千切れるのだろうか。

想像を絶する程の伊耶也の暴力的な迄の激情。

そんなものに触《ふ》れ、キタローは恐怖した。

人の恨みの、その根深さと強さに。

そんな時だ――。

ブチンッ！

無理矢理《むりやり》に分厚いゴムでも引き千切った様な音と共に、キタローの頬《ほお》に何やら生温かい飛沫《しぶき》が掛かった。

噎《む》せ返る様な鉄の臭《にお》い。

「えっ」

反射的にキタローはそれを手で擦《こす》る様に拭《ぬぐ》い、確認《かくにん》する。

赤く濡れた指。

驚いて伊耶也の方に視線を戻すと、今度は自身の足の指を数本噛み千切った所であった。

「イヤアアアアアアアアアッ⁉」

恐怖と絶望をそのまま声にした様な伊耶奈の悲鳴が、祟《たた》りの箱の内部であるかの様な室内に反響《はんきょう》する。

だが、それすらも今の伊耶也には届かない。

彼はスッと立ち上がると、口の中一杯《いっぱい》に詰め込んだ手足の指と折れた歯を見せ付ける様、最後に思い切り笑ってみせた。

「うっ――!?」

キタローの表情が引《ひ》き攣《つ》る。

それを見た者が一生忘れる事が出来ない様な、そんなショッキングな伊耶也の見せた満面の笑顔《えがお》。

気付けばキタローは、腰砕《こしくだ》けになってその場でへたり込んでいた。

その横を、ゆっくりと伊耶也が通る。

そして拝殿《はいでん》の出入口に差し掛かると、まるでモーセが大海を割るかの様に、表に居た人だかりがザァッと一瞬で割《さ》けた。

伊耶也はその中心を悠々《ゆうゆう》と、指の無い足でよろよろと歩いていく。

そして人だかりの真ん中付近に迄来た所で、突如として狂った様に駆け出した。

そしてその勢いのまま――!


バッシャアンッ!


大きく水飛沫《みずしぶき》を上げ乍《なが》ら、水量豊かで流れの速い丸太川本流へと飛び込んだのだ。

唖然《あぜん》とし乍ら、それを見守った人々。

川は直ぐに何事も無かったかの様に泡《あわ》や波紋《はもん》を掻《か》き消《け》し、これ迄通り轟々《ごうごう》と流れていく。

慟哭《どうこく》を上げて這いつくばる様に、床《ゆか》へと倒《たお》れ込む伊耶奈。

伊耶也を止められ無かった白兎とキタローは、そんな痛ましい彼女《かのじょ》の姿を無力感に苛まれ乍らも、苦々しい思いで眺めている事しか出来なかった。


【下山】


伊耶也逃亡《とうぼう》防止の為、祭りの一ヶ月程《ほど》前から監禁《かんきん》されていた彼の母を、油神家の蔵に作られた地下牢から解放させた白兎達《たち》。

二人はその後田中家で、伊《い》沢村《ざわむら》最後の夜を過ごした。

――翌日。

用意された客用の寝床《ねどこ》からキタロー達が居間へ顔を出すと、そこには憑き物が落ちたかの様に、昨日迄とは違った雰囲気《ふんいき》の伊耶奈が居た。

昨晩は随分《ずいぶん》と泣き続けたのであろう。

その目は真っ赤に腫《は》れていたが、それでも気丈《きじょう》にバタートーストを齧《かじ》っていた。

そして驚きの表情を浮かべたまま立ち尽くしていた白兎達に、彼女は言う。

「……お早う」

二人は少し戸惑《とまど》い乍らも揃《そろ》って「お早う」と返した。

「見てないで座ったら？　……お母さん！　二人とも起きてきたから朝ごはん！」

「はーい」と、台所の方から声が届く。

それを聞いたキタローは胸が痛むのと同時に、改めてこの場所の異質さを思い知るのだった。

(伊耶也さんがあんな事になったのに、なんだか料理迄させてしまって申し訳ないよな。

っていうか、なんでそんなに普通でいられるんだ？　この村には、それだけ日常的に人の
死が近くにあったたっていうのか……？)

「……ほら、座って」

伊耶奈から促《うなが》されるまま白兎達が腰《こし》を下ろす。

すると早速《さっそく》、彼女がこう話し掛けてきた。

「名前、私まだ教えて貰《もら》って無いんだけど」

「あ、鈴木太郎《すずきたろう》です」と、キタローは何故《なぜ》か畏《かしこ》まって答えてしまう。

「キタローでいいよ」と、白兎が付け足した。

「……ふーん、ウケる」

その伊耶奈の失礼過ぎる素気《すげ》ない返事に、キタローはムッとする。

（こいつ、自分から人の名前を訊《き》いた癖《くせ》に全然興味無さそうだな……）

だが、白兎が自己紹介《しょうかい》をすると——。

「ボクは稲葉《いなば》白兎だよ。しろうさぎと書いてしろうって読むんだ。どうだい？　変わっているだろう？」

「えーめっちゃカワイイんですけど！　白兎さんって名前」

そう言って、伊耶奈は急に年相応のリアクションを見せた。

「おいなんだその僕《ぼく》の時とは大きく違《ちが》う態度は⁉」と、キタローは更《さら》にムッとしてしまう。

「有難《ありがと》う伊耶奈ちゃん。よかったら白兎って呼び捨てにして貰ってもいいんだよ？」

「あ、じゃあ……」

少し躊躇《ためら》ってから、伊耶奈は上目《うわめ》遣《づか》いで訊ねた。

「白兎……君。……なんて呼んだら失礼だよね？　女の子に……」

「いや、構わないよ。学校では女子からそう呼ばれているしね」

「よかったー」

妙《みょう》に上機嫌《じょうきげん》な伊耶奈。

彼女が思い出した様に言う。

「あ、そういえばアンタ達、桃ヶ園《ももがその》高校よね？　学年は？」

「二年だよ」と白兎。

キタローも「一年」と続いた。

「……そっか、じゃあ私は今中二だから、入る頃には白兎君はもう居ないんだね」

「残念乍ら」と、伊耶奈に合わせる様に白兎は悲し気な表情を浮かべる。

一方キタローは「この距離を通う気か？　それとも態々引っ越すのか？　……まあ、それもいいのかもな」と、一番現実的にものを考えていた。

「でも決めた！　絶対に入るよ！　部活もアンタ達と同じのにする！」

「嬉《うれ》しいよ。ね？　キタロー」

「はあ」

白兎が卒業してしまえば、郷土史研なんてニッチな部活は消えて無くなるだろうとキタローは思ったが、それを今言うのは野暮《やぼ》なので黙《だま》っておく。

そんなキタローの方を伊耶奈はチラリと見てから、彼をふざけた調子で仇名《あだな》呼びした。

「おいキタロー」

「な、なんだよ」

「その時アンタに彼女が居ない様だったら……まあ、私が……付き合ってあげない事も無

いけど……？」

「……どうせ先輩の代わりにでもする気だろう？」

「違っ……て、その……。だって、昨日のアンタ、結構かっこ良かったし……？」

「えっ？」

「私やお兄ちゃんの為にさ、村のみんなに怒《おこ》ってくれた時も……凄《すご》く嬉《うれ》しかった」

思いも寄らなかった言葉に、キタローはドギマギしてしまう。

「あ、ああいや、そんなの当然だし……」

「んふふ」

恋《こい》する乙女《おとめ》の視線を真っ正面から受け、キタローは堪らず目を逸らすのだった。

「それにしても」と、彼は心の底から思う。

（女って、マジで逞しいんだな……。それともこれは、神話の時代から死に抗《あらが》い続け、種の保存をしようという人としての正しい本能なのだろうか？）

「うーん」と、キタローが難しく考え込み掛けた時、丁度朝食が運ばれてきた。

◇

「あ、そうだった」

キタロー達が朝食を食べ終わる頃を見計らって、伊耶奈は何処《どこ》か態《わざ》とらしく、うっかり忘れていた事を思い出したかの様に食卓《しょくたく》の下から茶封筒《ちゃぶうとう》を取り出した。

「帰りの車代は村の人等が出してくれたから。あ、それと森屋の家に置きっ放しだった二人の荷物も、取りに行っておいたから玄関《げんかん》に置いてあるよ」

そう言い乍ら、彼女は白兎へと茶封筒を手渡《てわた》す。

「有難う伊耶奈ちゃん」

「助かるよ」

白兎とキタローは、そう礼を言った。

「うん、いいよ。それともう帰るならタクシー呼ぶけど、どうする？」

白兎とキタローは顔を見合わせる。

そしてキタローの表情から色々と読み取った白兎は、こう答えた。

「ちょっと名残惜《なごりお》しいけど、じゃあ……お願いしようかな」

「分かったよ。……後ね、最後に二人には謝《あやま》らなきゃいけない事もあるんだ」

急に改まってそう切り出した伊耶奈。

何だろうかと、キタローが身構えるよりも早く白兎が言う。

「ああ、その事なら別に気にしなくていいよ」

「えっ」

「ボク等がここへ来る事の切っ掛けとなった、ネット上で流布《るふ》されている伊沢村の情報や、あの縦読みは全て君がやったんだろう？」

　キタローは驚いて白兎の方を見た。

（ハァッ⁉　聞いてないぞ⁉）

　伊耶奈も「えっあ、はい」と、先に言われてしまった事でかなり戸惑っている。

　そんな中で白兎だけは、さも当然であるかの様に振舞《ふるま》っていた。

「ボク等はね、こういう事に巻き込まれるかもしれないって事なら覚悟《かくご》の上でここへ来たんだ。君を責めるつもりなんてさらさら無いよ。だから伊耶奈ちゃんもその事を気に病《や》む必要なんて無い。……ね、キタロー？」

「いやいや⁉　そんな覚悟なんてこれっぽっちも無いまま、いい写真を撮《と》る為だけに僕は来たんですけど⁉」と思いつつも伊耶奈の手前、格好付けて同意する。

「えっ、ああはい。まあそういう事……ですね」

「有難う」

　そう言って微笑《ほほえ》んだ伊耶奈。

しかしその顔は同時に、何処か寂《さび》し気《げ》であった。

それを見たキタローは、考えるよりも先にこう口走る。

「あのさ、高校に入学するなんて先の事は置いておいてさ、今度は伊耶奈ちゃんが僕等の町へ遊びにおいでよ。案内するし」

「えっ」

「って言っても周りは畑ばっかだし、遊ぶ場所なんてゲーセンとかカラオケとか、ボウリング位のものだけど……」

「ふーん、退屈《たいくつ》そう」

そう呟《つぶや》いた伊耶奈は、その言葉に反してとても嬉しそうな顔をしていた。

キタローは尚も続ける。

「だ、だったら隣《となり》の甲府《こうふ》で遊ぶ⁉　一応県庁所在地だし、僕の住んでる笛吹市《ふえふきし》より少しは都会っぽいよ⁉　映画館とかアニメットとかもあるし⁉　……まあ、実際は人通りも少なくて、駅前通りはほぼシャッター街と化してるんだけど。むしろ人間よりも野良猫《のらねこ》の方が多いんじゃないかな？　ハハッ」

「余計な情報を付け加えず、魅力《みりょく》だけを簡潔に伝えればいいものを……」

白兎が呆れ、頭が痛いとでもいう様な表情で言った。

しかし、意外な部分に伊耶奈が食い付く。

「ふーん、アニメットあるんだ」

「あ、うん、あるよ！　アニメグッズとか色々売ってる！」

「じゃあラノベも一杯だったりする？」

「あーうん、僕は漫画《まんが》派だから詳《くわ》しくないけど、確か棚《たな》に一杯並んでたよ！　ラノベ！」

「じゃあ……遊びに行ってあげてもいいかな」

「ぜ、是非《ぜひ》！」

「なら……ほらっ」

「ん？」

「だから……」

「ん？」

「はあ」と白兎が大きく溜《た》め息《いき》を吐《つ》いた。

伊耶奈が何を言わんとしているのか、この期《ご》に及《およ》んでまだ分かりかねていたキタローは、阿呆面《あほうづら》全開で彼女が次に発する言葉を待つ。

するど、ついに痺《しび》れを切らした伊耶奈が怒鳴《どな》った。

「もーっ！　何ボケっとしてんのよ、さっさとアンタのスマホの番号教えなさいよ！」

「――あ、ああ！」

自分の察しの悪さに、キタローも流石《さすが》に嫌気《いやけ》が差す。

「ってかこういうのって、普通男の方から訊くもんでしょ⁉　キタローの馬鹿《ばか》！」

「わ、悪かったよ、ごめんて……」

「全く……」

せかせかとスマホを取り出し、キタローは告げた。

「えーと、僕の電話番号は――」

◇

「やっぱり、今回も散々な目に遭《あ》ったじゃないですか」

帰りのタクシーの車内。

キタローはムスッとした顔で、そう白兎を責める様に言った。

しかし彼女はにこやかに言葉を返す。

「やっぱりって事は、そうなるかもと思い乍らも君は来たんだろう？　……なら、少しはそんなドキドキするハプニングも、内心で期待していたんじゃないかい？」

「悪い男が女に言う台詞《せりふ》みたいですよ、それ」

キタローが呆れ顔でそう言うと、白兎は「本当だ」と笑った。

彼女は続ける。

「……そういえば、キタローは今回もモテモテだったね？」

「あ、あんなのは適当言ってるだけですよ！ってか今回もってなんですか⁉」

思い切り動揺しているキタローを追い詰める様に白兎は言った。

「言わなきゃ分からないのかい？　姫子《ひめこ》ちゃんに花枝《はなえ》ちゃん。成《なる》ちゃんに……ああ、それから女児の――」

慌《あわ》ててキタローが反論する。

「あ、ああ！　ち、違います！　それは全部先輩の考え過ぎですって⁉」

「ふーん、その割にはやけに必死になって否定するじゃないか」

「ま、まあ」

「仕方無いね、じゃあそういう事にしておいてあげよう。取《と》り敢《あ》えずは……」

取り敢えずという部分を訂正《ていせい》させたかったが、これ以上何かを言えば藪蛇《やぶへび》になりかねないと、キタローは口を噤《つぐ》むのだった。

それから少しの間が空き、再び白兎の方から思い返す様な口振《くちぶ》りで話し始める。

「それにしても全く、偶然《ぐうぜん》の連続ってのは必然にしか見えなくて質《たち》が悪いよ。最悪、真実すら覆《おお》い隠《かく》してしまうからね」

キタローもそれに同意した。

「今回僕も、その事を思い知りましたよ。先入観って困ったものですよね。日本の神話すら、キリスト教に関連した何かだと思い込ませちゃうんですから……」

「でもね」と白兎。

「日本ではたとえ古代に迄遡《までさかのぼ》っても、血生臭《ちなまぐさ》いタイプの人身御供を用いる様な儀式《ぎしき》は珍《めずら》しいんだ。血は穢《けが》れと考えられているからね。キタローも知っての通り、それこそユダヤ教なんかとも関《かか》わりがあるとされている御頭祭《おんとうさい》り等の伝承位なものだ」

「又《また》アブラハムの宗教の話ですか……」

「もう騙《だま》されないぞ」という姿勢で、キタローは話半分に耳を傾ける。

「それと日本神道《しんとう》は、少なからずネストリウス派キリスト教の影響《えいきょう》を受けている側面がある。それを公言している神社の宮司《ぐうじ》さんや、お寺の住職さんだって居る位なんだ」

「そうなんですか⁉」

騙されまいと誓《ちか》った傍《そば》から、まんまと白兎に乗せられてしまうキタロー。

彼は思い返していた。

以前、日本史や世界史の授業で聖徳太子や仏陀《ぶつだ》、キリストの事を学んだ際、彼らの逸話《いつわ》が似ているなと思ったのを。

白兎がニヤリと口角を上げる。

「もしかしたら全てが偶然……という訳では無いのかもしれないね」

キタローが敢えて何も答えずにいると、彼女は更に続けた。

「ああ、そういえば後に神武天皇となる神倭伊波礼毘古《カムヤマトイワレビコ》が東征《とうせい》した際、八咫烏《ヤタガラス》が『イザワ、イザワ』と鳴いて導いているんだ。聖書のイザヤはイザワと書かれている事もあると前に言ったよね？　それに外法《げほう》とは仏教以外の教えという意味だ。つまりそこに、キリスト教が含《ふく》まれていても何も可笑《おか》しくは無い」

「じゃ、じゃあ伊沢村は本当に、隠れキリシタンの郷だったって可能性も……？」

「ふふ」と白兎は意味あり気に微笑んでから、こう答える。

「さあ、どうだろうね。資料が何も残っていない以上、ボク等には判断出来ないよ。出来るのは妄想《もうそう》だけさ」

「又そうやって煙《けむ》に巻《ま》く様な事を……」

「想像の余地があった方が楽しいだろう？」

「……でもやっぱり正直な所、僕は本当の事だけ知れたら、それが一番いいです。モヤモヤしなくて済むし」

「ロマンが無いねぇ」

「無くて結構です」

そう言ってキタローは頬を膨《ふく》らませ、視線を窓の外へと向けた。

そうした所で見えるのは視界を横切っていく木の幹ばかりで、大して面白《おもしろ》いものではないのだが。

しかしそんな単調な流れる景色を見ている内に、伊沢村へと向かう車中での事を急に思い出す。

「……ちょっと思い出したんですけど」

「なんだい？」

嫌《いや》な予感を覚え乍らも、キタローは訊《たず》ねた。

「行きの車の中で先輩が妙に山の中を気にしていたの……あれは結局何だったんですか？今度こそはぐらかさないで教えて下さい！」

「ああ、あれね」

白兎はなんてことは無いと言った風に答える。

「山中に手足の無い胴体《どうたい》と頭だけの霊《れい》が、茸《きのこ》の様に生えていただけだよ」

「──んなっ⁉」

　キタローは絶句した。

　直後、怒涛《どとう》の勢いで言い返す。

「今の話、霊を茸に例える必要ありました⁉　それに僕が松茸一杯《まつたけいっぱい》食べたの知ってる癖に……うっ、なんか気持ち悪くなってきた！　……あ！　だから先輩、山《やま》の幸《さち》に全然口を付けなかったんですね⁉」

「当たり」

「そういう事は先に教えて下さいよ⁉　人の死体由来かもしれない栄養で育った、山の幸をたらふく食べちゃいましたよ！」

「教えたらキタローも料理を残すだろう？　でもそれは不味《まず》い。村の人の心証が悪くなるし、そういう部分から何かを勘付《かんづ》かれるかもしれないだろう？」

「あなたって人は……⁉　僕を生贄《いけにえ》に⁉」

（幾《いく》ら後輩《こうはい》だからって、遠慮《えんりょ》無く利用しやがって……）

　抗議《こうぎ》の目を向けるキタロー。

　それに気付き乍らも、面白がって白兎はまだまだ続けた。

「もっと言えば森屋の庭からは何かの植物の様に指や、指の無い腕《うで》が生えていたよ」

「あの綺麗《きれい》な庭に、そんなエグいものが埋《う》まってたって事ですか⁉」

「うん、多分ね。……だから撮れてるんじゃないかい？　心霊《しんれい》写真。確か朝食の時に態々カメラを持ってきて迄《まで》、あの悍ましい庭を有難《ありがた》がり乍ら何枚も写真に収めていたろう？」

「ちょっ⁉　止めて下さいよもう！　撮った写真の確認したくなくなるなぁ……。あ、でも写ってたら月刊アトランチスに投稿《とうこう》すれば賞金とか貰えますかね？　いや、でも採用されるのかな？　ってかあれって匿名《とくめい》で送ってもいいんですかね？　読んだ事無いけど」

　コロコロと変わるキタローの表情を、楽しそうに眺めていた白兎が答える。

「ふふ……さあね」

　一人で勝手に盛り上がった後、急にふと冷静になると、キタローはこう言った。

「でも結局、今回も部活の実績としてオリジナル郷土史に編纂《へんさん》出来ない様な、そんな内容の出来事でしたね……」

「そんな事は無いさ。そのまま載《の》せられない様な部分は、上手《うま》くボカし乍ら書けばいい。腕の見せ所だよ？　キタロー」

「いやいや、そんな言う程《ほど》簡単な事じゃないですよ？　それ」

「大丈夫《だいじょうぶ》、君になら出来るよ」

「何を根拠《こんきょ》に……」

「ほら、写真で背景や手前のものをボカすのは得意な筈《はず》だろう？」

（ボケだけにボケてるんですね分かります）

だが、そんな低レベルなネタには突っ込むまい。

そう思ってキタローは、だんまりを決め込んだ。

するとその空気に耐《た》え切れず、少なからず滑《すべ》った事に恥《は》ずかしくなったのか、白兎は仄《ほの》かに頬を桜色に染め乍らも口を開く。

「う……」

「う……？」

「嘘ぴょん！」

彼女は頭上にウサ耳宜《よろ》しく両手を立て、小首を傾《かし》げつつ照れ隠しでもするかの様にニッコリと笑った。

「いや……嘘ぴょんて……」

キタローは呆《あき》れ声で、悍ましいものでも見てしまったかの様な表情を浮《う》かべる。

だが、内心は違った。

（可愛過ぎるだろっ⁉　白兎だから嘘ぴょんってか⁉　反則だっ‼　そんなギャップ萌《も》えズルい‼）

この通り、さっきの反応は彼《かれ》にとって精一杯《せいいっぱい》の強がりであり照れ隠しで、そして反抗《はんこう》でもあったのだ。

そうとも気付かず、シュンと落ち込んだ様子の白兎が上目遣いで訊ねる。

「……ごめん。ちょっと今のは下らな過ぎたかな？」

「いえ、少し戸惑っただけです。先輩《せんぱい》って偶《たま》にそういう安易な駄洒落《だじゃれ》みたいな事言い出しますよね」

「そ、そりゃあ、偶にはボクだって……ね？」

余計恥ずかしくなってきたのか、白兎は平気な顔をし乍らも先程《さきほど》以上に顔を耳迄真っ赤に染めた。

皮を剥《は》がされて、真っ赤になった因幡《いなば》の白兎の様に。

（……クッソ可愛《かわい》いなもう。っていうかバニーガールコスは恥ずかしがらない癖に、今のはそんなに赤面する程恥ずかしがるって……。毎度の事乍らどういう神経だよ……。やっぱりこの人だけは、半年一緒《いっしょ》に居てもまだよく分からないな……）

キタローはそんな彼女の珍しく赤面する姿を、顔を逸《そ》らしつつも横目でしっかりと網膜《もうまく》に焼き付けるのだった。

白兎は照れ隠しの照れ隠しをすべく、まだ色付いた頬のままで新たな話題を切り出す。

「それでだけどキタロー。来週は何処《どこ》へ足を伸《の》ばそうか？」

「はい⁉　昨日の今日でもうそんな話ですか⁉　少しは懲《こ》りて下さいよ！」

「君も知ってる大月市《おおつきし》の桃太郎《ももたろう》伝説にするかい？　桃を持った石仏に、鬼《おに》と名の付く山、それに犬目、鳥沢《とりさわ》、猿橋《さるはし》と連続して並んだ地名。……だけどボクは、あれは桃太郎とは又《また》違《ちが》ったものから来ている気がするんだ」

　本当にマイペースな人だ。

　キタローが冷めた視線を送る中、話し乍ら段々とノッてきたのか白兎は嬉々《きき》と続ける。

「それとも御坂町《みさかちょう》に伝わる、神隠《かみかく》しとも取れる様な怖《こわ》い内容の民謡《みんよう》と、禁忌《きんき》作物の隠された繋《つな》がりを探《さぐ》るかい？　大月も御坂も日帰りで簡単に行けるし、都合が付き易《やす》いだろう？キタローは何方《どちら》から調べたい？　ボクならどっちでもいいよ」

「行くのは決定なんですか⁉」

「勿論《もちろん》」

　毎度の事乍ら、彼女のなんと強引《ごういん》な事か。

　仕方無くキタローは提示された二択《たく》の、比較的《ひかくてき》安全そうな方を選んだ。

「……じゃああんまり怖く無さそうな、桃太郎の方にします」

「ほう、以前より鼻が利《き》く様になったじゃないか。キタローならきっとそっちを選ぶと思

ったよ。来月が楽しみだね？」

「いや、僕はあんまり……。っていうか来月の予定はこれで決定なんですか⁉」

「うん、決定。紅葉の頃に行こう。……写真、撮りたいだろう？」

「くっ⁉　……はい」

紅葉という魅力的《みりょくてき》なワードに、結局キタローはあっさりと屈《くっ》するのだった。


揺《ゆ》り籠《かご》の様に揺れる座席。

流れる車窓。

何時《いつ》の間《ま》にか肩《かた》へと乗ってきた頭の主を起こさぬ様、白兎は静かに小さく「ふぅ」と溜め息を吐き、それから少なからずがっかりとした様子でボソリと呟く。

「やっぱり今回も、アレを祓う事に繋がる様な情報は無かったか……」

◇

儀式の為《ため》の本来の意味での丸太川本流である灌漑《かんがい》に使用される支流では無く、本流へと流された伊耶也。

　後日、彼が遺体となって麓《ふもと》を流れる川の岸辺に浮かんでいる所を発見された事で、今回の事件が世間にも明るみになる。

　だが伊沢村住人達の結束は固く、警察の徹底的《てっていてき》な捜査《そうさ》や聞き込みや個別の事情聴取《ちょうしゅ》にも口裏を合わせ、決して真実を語らなかった。

　物的証拠《しょうこ》こそ幾つも挙がったものの、結局犯人を絞《しぼ》り込む事が出来ず、捜査は直《す》ぐに迷《めい》宮《きゅう》入り。

　警察と積極的には関わり合いになりたくなかった白兎達や、伊耶奈達もやはり何も語りはしなかった。

　だがこの事件を切っ掛けに、多くのオカルトマニアが伊沢村へと押《お》し掛ける事になる。

　隠れキリシタンの郷として村興《むらおこ》しをしようとしていた動きがネット上で噂《うわさ》になっていた事が仇《あだ》となり、彼らによって今回の事件は直ぐにオカルトと結び付けられてしまったのだ。

　その上悪い事に、現地で住人達の異様な迄の結束と閉鎖性《へいさせい》を目の当《ま》たりにした事で、オカルトマニア達はより熱を上げて過激にネット上で伊沢村の異常性を喧伝《けんでん》、或《ある》いは創作すらした。

　ある者は村人に襲《おそ》われたと言い、又ある者は村にお化けが出る等とネットに書き込んだ。

　ある事も無い事も面白可笑《おもしろおか》しく、まるでそれ等全《らすべ》てが事実かの様に。

その所為《せい》で心霊スポットマニアや、暇《ひま》を持て余した大学生等の質の悪い観光客が遥々《はるばる》遠方からも連日途切《とぎ》れる事無く多数押し寄せ、住人達は好奇《こうき》の目に曝《さら》され続けるという、肩《かた》身《み》の狭《せま》い日常を余儀《よぎ》無《な》くされる。

尤《もっと》も、心霊スポットと呼ばれる事ならば、あながち間違《まちが》いとも言い切れないのであるが——。

そして皮肉な事にこれら一連の騒《さわ》ぎが、伊沢村が近年で一番盛り上がり、栄えた瞬間《しゅんかん》でもあった。

——伊耶也は最期《さいご》、油神を始めとした村人達に依《よ》る当初の目論見《もくろみ》通り、恵比寿《えびす》として川へと自ら飛び込んだ。

だが彼は意図してか、同時に自分の手足の指を噛《か》み切って口の中に詰《つ》め込んだ事で、自分自身を呪殺の祟り箱としての器《うつわ》に仕立て上げていた。

伊沢村に起こったこの予期せぬ騒動《そうどう》とも呼べる一連の異様な盛り上がりは、まるで伊耶也が命を賭《と》して行った復讐《ふくしゅう》の様である。

当然村人達もその事に薄々《うすうす》は気付き、彼があの晩に言い残した様、永遠にその罪に苛《さいな》まれ、罰《ばつ》に苦しみ、後悔《こうかい》し続ける事となるのだった。

エピローグ

事件翌週の月曜日。

自分のクラスへと登校したキタローは、漸《ようや》く実感する。

やっと普通《ふつう》の毎日が帰ってきた――と。

鞄《かばん》をロッカーに仕舞《しま》って自席へ着席すると、直ぐに能天気そうな声が背後から掛《か》けられた。

「よーっす！　次郎《じろう》」

そう片手を上げて現れたのはこのクラスの男子生徒、五味《ごみ》良夫《よしお》だ。

キタローは素っ気ない態度で挨拶《あいさつ》を返す。

「ああ、ゴミ君か。お早う」

「五味のイントネーション可笑しいぞ鈴木《すずき》太郎《たろう》！」

「フルネームで呼ぶ方も可笑しいぞ。それに僕は次郎でも無い。人違《ひとちが》いです」

「そうだな、すまんかったな、イチロー」

「僕の方こそごめんねクズ君」

「根本的に可笑しくなっちゃったぞ⁉」

「先に言い出したのはそっちだろ！」

特に意味の無いやり取りを何度か往復してから、キタローは訊ねた。

「それで、朝っぱらから何の用？」

「そりゃあ俺《おれ》が訊きたい事は一つだけだ！　今回の合宿でお前はあの美人先輩相手に、ついに大人になったのか⁉　鈴木！」

「又それかよ、下衆《げす》君」

「へっへっへ！」と、五味は態とらしく下衆染《じ》みたイヤらしい表情を浮かべる。

キタローはうんざりとし乍《なが》らも答えた。

「だから先輩とはそんなんじゃ無いんだって。あの人は僕の事なんて使いっ走り位にしか思ってないんだから」

「へー、本当にぃ？」

「……なんだよ」

「でもさっきからさ、その美人先輩が向かいの校舎からずっとこっち見てんぞ？　しかも薄《うっす》らと微笑んでいらっしゃる！」

「えっ」

驚《おどろ》いてキタローは窓の向こうへと目をやる。

すると確かに二、三年生の校舎二階の窓辺から、こちらをニタニタと見下ろす白兎《しろう》の顔があった。

（うわぁ、本当に笑ってる。なんで朝からそんなに上機嫌なんだよ？　まあ、どうせ又碌《またろく》でもない計画を思い付いたって所だろうけど。……今日はもう部活サボろうかな）

「いやー、朝から天使の笑顔《えがお》が見られるなんて、今日はラッキーだなー」

そう浮かれる五味に、キタローは哀《あわ》れみの目を向ける。

（……成程《なるほど》ねぇ）

何も知らない人間にはあれが天使の微笑みに見えるのか。

でもあれはどう見ても、天使と言うよりは悪魔《あくま》のソレだろうに。

それから五味は、キタローへと羨望《せんぼう》の目差《まなざ》しを向けた。

「いいよなぁお前は。あんな美しい先輩に気に入られてさー。高校生活エンジョイしてるよなー」

「全然良くないよ」

「嘘《うそ》吐《つ》け。じゃあよ、なんで毎日態々部活に顔出してんだ？」

「そ、それは写真の為で——」

「いいや違うね！　楽しいからだろ？」

「いや、だから——」

強く否定しようとして、キタローは口籠《くちごも》る。

確かに五味の言う通り、結局の所自分は先輩と体験する非日常を楽しんでいるのかもしれない。

そう思い直し、一転してこう答えた。

「……そうかもな」

「クッソ羨《うらや》ましいぜ！　リア充《じゅう》しやがって！」

「それならお前も部活に入ったらいいだろ？」

「いや部活とか面倒《めんどう》だろ何考えてんだ!?　やっぱ帰宅部最強っしょ！」

「……」

こんなのと真面目《まじめ》に会話しようとした僕が馬鹿だったな。

そんな風にキタローは、呆れを通《とお》り越《こ》して自分を自分で否定したのだった。

そして、放課後がやって来る。

◇

吹奏楽部員達《すいそうがくたち》がそれぞれ好き勝手に、音の階段を上がったり下がったりする事で生じる不協和音が木霊《こだま》する薄暗《うすぐら》くなった廊下《ろうか》を、キタローはニヤつき乍ら歩いていく。

（そうそう、部活の時にでも先輩に、約束通りジュースを奢《おご》らせないとな……へっへっへ。お小遣《こづか》い浮いてラッキー！）

そんな事を考え乍ら、「郷土資料室」兼《けん》「郷土史研究部」と書かれた紙が挟《はさ》み込まれた表示プレートの下に迄やって来た。

それを感慨深《かんがいぶか》げに見上げ乍ら思う。

何だかんだと言い乍らも、結局僕《ぼく》はこれからもこの引き戸を開け続けるのだろう。

どんなに様々な事件に巻き込まれようとも、変わらずに。

何故《なぜ》なら――。

紺色《こんいろ》のブレザーにグレーのスラックスという出《い》で立《た》ちの彼は、「ふう」と一つ息を吐いてから眼前の戸を開ける。

カーテンの隙間《すきま》から入り込んだ光にキラキラと照らし出され、空気の対流に揺らめく塵《ちり》や埃《ほこり》のその奥《おく》。

両サイドを本棚《ほんだな》に挟まれ、圧迫《あっぱく》感の強い細長い室内の中央にある机を挟んだ先でパイプ椅子《いす》に腰掛《こしか》け、手元の本へと物憂《ものう》げに視線を落としていた白兎がキタローを見るや、薄《うす》く口元に意地の悪そうな笑《え》みを「ふっ」と浮かべた。

「やあ、遅《おそ》かったじゃないかキタロー」

部屋の電気のスイッチを押し乍ら、負けじとキタローもこう言い返す。

「別に、何時も通りですよ」

——何故ならば、その美しい少女から向けられる悪魔の様な笑顔を、少しでも長い時間一《ひと》人占《りじ》めにしたくて。

そして、だからこそキタローには白兎に訊ねておかねばならない事があった。

意を決して、彼は口を開く。

「先輩、実はずっと訊《き》きたい事があったんですけど——」

(了《りょう》)

あとがき

はじめまして、三咲悠司《みさきゆうじ》と申します。

この度は数ある本の山の中で、もちろん表紙に惹《ひ》かれたのだとは思いますが本著を見付け出して手に取り、あまつさえレジへまで持っていき、約62う○い棒（税別）という決して安くはない対価すらお支払いいただき、その上貴重なお時間まで割いてここまでを読んでいただきましたこと、本当にありがたく思っております。

また、こんな売れ線から掛け離れているであろうタイプの作品を拾い上げて賞を下さった上に、本にまでしていただいたＨＪ文庫様及び、右も左も前後上下すらわからない三半規管の麻痺した私にご助力いただきました担当編集のＯ様。

並びに素敵なイラストを描いて下さった和遥《かずはる》キナ様にも、この場をお借りして感謝申し上げます。

本題に入りますが、続きが書けるのであればこの調子で自重《じちょう》せずにどんどん同志の皆様に電波を垂れ流していくつもりでおりますので、布教の程よろしくお願いいたします。

HJ文庫
815
http://www.hobbyjapan.co.jp/hjbunko/

鬼畜の僕はウサギ先輩に勝てない

2019年5月1日　初版発行

著者――三咲悠司

発行者―松下大介
発行所―株式会社ホビージャパン

〒151-0053
東京都渋谷区代々木2-15-8
電話　03(5304)7604（編集）
　　　03(5304)9112（営業）

印刷所――大日本印刷株式会社

装丁――小沼早苗（Gibbon）

乱丁・落丁（本のページの順序の間違いや抜け落ち）は購入された店舗名を明記して
当社パブリッシングサービス課までお送りください。送料は当社負担でお取り替えいたします。
但し、古書店で購入したものについてはお取り替えできません。

禁無断転載・複製

定価はカバーに明記してあります。

©Yuji Misaki

Printed in Japan

ISBN978-4-7986-1931-6　C0193

ファンレター、作品のご感想
お待ちしております

〒151－0053　東京都渋谷区代々木2－15－8
(株)ホビージャパン HJ文庫編集部 気付
三咲悠司 先生／和遥キナ 先生

アンケートは
Web上にて
受け付けております

https://questant.jp/q/hjbunko

- 一部対応していない端末があります。
- サイトへのアクセスにかかる通信費はご負担ください。
- 中学生以下の方は、保護者の了承を得てからご回答ください。
- ご回答頂けた方の中から抽選で毎月10名様に、
HJ文庫オリジナルグッズをお贈りいたします。